궤도를 떠나는 너에게

궤도를
떠나는
너에게

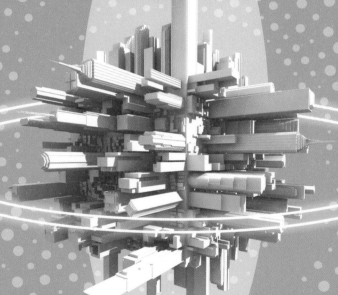

임어진
소설집

차례

니르
순환선

끼이이이익!

소음이 고막 안으로 밀려들었다. 몸이 기우뚱했다. 설핏 잠이 든 모양이었다. 깨어나기를 기다렸다는 듯 열차 안의 광고들이 일제히 말을 걸기 시작했다.

"선유 님! 도도의 특별 이벤트, 궁금하지 않으세요?"

궁금하지 않아. 조금도.

"겨울철 건조한 피부, 영양 밸런스는 우리가 책임질게요!"

책임질 것 없어. 사양해.

거절에도 불구하고 친절한 광고의 속삭임은 계속해서 나를 에워쌌다. 그들은 내 말은 물론 행동 하나하나까지 다 정보로 처리하면서 거절하는 말은 이상하게 정보로 취급하지 않았다. 나는 다시 눈을 감고 잠에서 덜 깬 척했다.

열차는 규칙적인 소리를 내며 지하 구간을 달리고 있었다. 아까는 레일과 바퀴가 심한 마찰이라도 일으킨 모양이었다. 찬 공기가 발밑에서 올라와 팔에 오소소 소름이 돋았다. 2월인데 난방 장치를 벌써 끄다니. 이 나라의 에너지 정책은 갈수록 각박해지고 있다.

"이 열차는 니르 순환선, 니르 순환선입니다. 다음 정차할 역은……"

내릴 곳을 지나쳤다. 그리고 다시 그곳으로 가는 중이다. 대체 이게 몇 번째 순환이람. 오늘은 내릴 수 있을까? 이번에는 내려야 한다. 진화역까지 이제 다시 열두 정거장만 가면 된다. 지난주에도 지지난 주에도 두 번이나 돌다가 결국 그만두었다. 오늘이 세 번째다.

정거장에 열차가 멈추고 문이 열리자 사람들이 우르르 밀려 나가고 한참 만에 문이 닫혔다. 탄 사람이 없는 줄 알았는데, 조그만 남자아이가 있었다.

주거지가 몰려 있는 이곳을 지나 이제부터 한참 동안 황량한 폐허를 달릴 이 열차를 탈 사람은 별로 없을 것이다. 시간이 조금 더

걸리더라도 대개는 반대 방향으로 가는 순환 열차를 타고 돌아서 간다. 이 구역을 통과하는 사람은 아무것도 모르는 사람이거나, 마음에 무언가가 고장 난 사람이다.

하지만 어떻게 모를 수가 있을까? 아침에 눈만 뜨면 시작돼 하루 종일 보고 듣던 얘기인데. 우리 미래가 거기에 있다고 하던, 이름도 근사하던 바로 그 판타섬이 진화역에서 곧장 연결되는데! 그 거창하고 굉장하던 판타섬이 한순간에 통째로 날아갔는데…….

책임지고 사과해야 할 사람들은 지금 여기 아무도 없다. 그날 그 시간 이후 곧바로 이 나라를 떠났고, 절대로 다시 돌아올 리가 없다. 그들이 지금 어디에 있는지는 아무도 모른다. 이런저런 추측 보도들만 지루하게 온종일 소음을 냈다.

남자아이는 아까부터 열차에 탔던 자세 그대로 출입문 바로 앞에 잠자코 서 있었다. 열한두 살은 되었을까. 마치 누군가 떠밀어서 타기라도 한 듯 퀭한 큰 눈이 겁에 질려 있었다. 까무잡잡한 얼굴로 보아 남방의 피가 흐르는 듯했다. 나도 모르게 얼굴을 찌푸렸다. 어쩌자고 저렇게 무방비로 혼자 온 거야? 요즘 들어 저런 아이들이 이 나라로 많이 들어오고 있었다. 출생확인서 한 장만 달랑 든 채.

저 아이들은 남방의 여러 나라가 길고 긴 전쟁을 치를 때, 파견 군으로 갔던 이 나라 남자들과 남방 여자들 사이에서 태어난 이들의 후손이었다. 출생률이 극도로 줄자 그 아이들을 인구로 유입하자는 얘기가 공공연히 퍼져 나갔다. 그리고 얼마 지나지 않아 정책으로 자리 잡았다.

아이들이 들고 들어온 출생확인서에는 파견군이었던 조부의 이름이 적혀 있었다. 파견군의 가족들이 아이를 받아들이고 양육한다고 하면 나라에서 많은 지원을 했다. 하지만 모든 아이가 달갑게 가족으로 받아들여진 건 아니었다. 동생 은유가 들려준 제 친구네 집 얘기도 그랬다.

- 글쎄, 어른들은 그게 쉽지 않은가 봐. 어느 날 갑자기 웬 낯선 애가 나타나서, '제가 손자예요. 조카예요.' 하는 건데, 도무지 마음을 못 여시더래.

- 그럼 그 애는 어떻게 됐대?

- 아마 돌아갔을걸. 잘 몰라. 뒷얘기는.

괜히 속이 좀 불편했던 것 같다. 가족으로 받아들였다고 해도 사랑으로 대해야 할 의무까지는 없었다. 마음으로 가족이 되지 못한 아이들은 집 안에서 겉돌다 집 밖으로 밀려 나왔고 도시를 떠돌았다. 무리한 방법을 써서 남방으로 돌아간 아이들도 많았다. 돌아갈 여비를 쥐어 준 이도 있었지만, 집 밖으로 차갑게 내몰고 그것으로 그만인 이들이 더 많았다. 어렵게 찾아간 곳에 아무도 살지 않는 경우도 흔했다. 은유가 혼잣말처럼 덧붙인 말이 생각난다.

  – 어지간하면 애들 혼자 보내지 말고 어른이 좀 데리고 오지. 그래서 새 가족과 만나게 해 주고 가면 좋지 않아?

  그 비용을 감당할 형편이 안 될 거라는 대답을 했던가. 요즘도 여전히 혼자 꼬리표를 달고 먼 길을 찾아온 아이들을 내쫓았다는 얘기가 뉴스에서 종종 들렸다. 그런 아이들에게 닥치는 위험을 저 애는 알고 있는 걸까?

  아이는 내 눈치가 느껴졌는지 무춤거리며 몇 발짝 걸음을 옮겨 빈자리에 옹크리고 앉았다. 공교롭게도 내가 고개를 돌리지 않는 한 계속 마주 바라보게 되는 자리였다. 엉뚱하게도 헤어진 겸이와 했던 말이 떠올랐다.

  – 하여간 참 이상하다니까. 포식자가 노려보면 먹잇감은 멀리 달아나기는커녕 더 꼼짝을 못 하고 그 시선에 포획당한대. 사로잡힌다는 거지.

– 어, 근데 뭐야. 지금 그 노려보는 느낌은? 나를 사로잡기라도 하겠다는 거야?

– 난 노려본 거 아닌데. 그윽하게 바라본 거지.

– 아니, 잠깐 먹잇감을 노리는 포식자의 눈길이 느껴졌어.

– 으음, 무슨 소리. 내가 포획당할 거 같은데? 너 눈 엄청 무서워, 지금.

– 뭐라구? 이……!

– 하하하!

남방의 나라에서 온 저 조그만 애를 포획할 생각은 전혀 없다. 저렇게 여윈 목덜미를 가진 어린애들을 데려가 돈으로 바꾸는 사악한 사람들도 있긴 하다. 아니, 사실은 너무 많다. 하얀 해골이 등판에 새겨진 검은 재킷을 입고 '흼의 사도들'이라며 몰려다니는 패거리들은 언제 마주쳐도 겁이 났다. 아까 집에서 나와 시원역으로 오다가도 저런 아이 하나를 골목 구석에 몰아넣고, 누군가와 전화로 협상하는 패거리를 봤다. 나는 얼른 눈길을 거두었다.

오래전 시를 배운 어느 날, 겸이와 이런 얘기를 한 적이 있다.

– 이거 말 되냐? 이 구절. '사랑하는 것은 사랑을 받느니보다 행복하나니라.' 여기 그렇게 쓰여 있어.

- 말 안 되지! 그게 무슨 소리야. 받는 게 백 번 행복하지.

겸이 말에 내가 반박했다.

- 그런데 이 시인은 그렇다고 하잖아. 백 년이 넘도록 교과서에 이렇게 계속 실리고 있는 걸 보면 많은 사람이 이 말이 맞다고 생각하나 본데?

- 그래도 난 싫어. 난 받기만 할 거야.

- 욕심쟁이로군.

- 응!

그렇게 말하고는 나도 웃고, 겸이도 웃었다. 하지만 바람대로 되지 않았다. 내가 바라던 걸 줄 수 있는 사람들은 이제 없다.

겸이 생각을 왜 자꾸 한담. 은유 생각을 안 하고 싶어서겠지. 그런데 은유 생각을 안 하고 싶어서 겸이 생각을 하고, 겸이 생각을 안 하고 싶어서 다시 은유 생각을 하고 있다. 머릿속도 순환 궤도를 맴돌고 있다.

열차가 지상 구간으로 올라갔다. 도시를 훌쩍 벗어나 서쪽 외곽 해안 지역을 달리고 있었다. 한반도 전역을 샅샅이 잇는 아흔아홉 개 역을 다 돌아도 두 시간 남짓이면 다시 원래 자리로 돌아올 수 있는 고속 순환선이었다.

누군가 잘못 작동해 방향 잃은 드론들이 하늘을 드문드문 날아다녔다. 그 아래로 황폐한 판타 폐허 지구의 풍경이 펼쳐지기 시작했다. 저걸 안 보려고 다른 사람들은 이 구간을 되도록 피하는데, 바보 같은 나는 보고 또 보고 있다. 피하려고 한 건데, 다시는 안 보려고 이 순환 열차를 탄 건데, 내려야 할 곳에 계속해서 내리지 못하고 있다. 판타섬도 저 지경일 것이다. 그때 바로 폐쇄해 버려 아무도 들어갈 수 없고, 항공 촬영도 위성 촬영도 금지돼 지금 상태는 어디서도 볼 수 없지만 누구나 짐작하고 있었다.

숨 쉬는 건 이제 아무것도 남아 있지 않은 섬. 지난 몇 년간 판타섬을 대대적으로 홍보하며 수많은 인파를 끌어들이던 목소리는 한순간에 잦아들었다.

우리 삶을 윤택하고 편안하게 해 주는 에너지! 쓰고 난 걸 모두 모아 땅속 깊이 묻어요. 안전하고 풍요로운 미래가 다시 싹틉니다. 우리의 미래가 있는 곳, 꿈의 섬 판타! 판타에 아름답게 꽃피운 자연 생태 공원을 많이 찾아 주세요. 여러분을 환영합니다!

거센 반대를 무릅쓰고 강행한 건설이었다. 판타섬 핵폐기물 매

립장은 이 나라의 지위 높고 힘 있는 사람들에겐 내내 큰 골칫거리였다. 반대자들의 기를 꺾고 불안해하는 사람들의 걱정을 잠재우려고 내놓은 게 자연 생태 공원 조성이었다. 그런 걸 원하는 사람은 많지 않았다. 하지만 밀어붙이면 된다고 목소리 높인 사람들이 반대한 사람들보다 훨씬 힘이 셌다. 나라에서 제일 높은 자가 되고 싶었던 사람은 그들 도움을 받고 꿈을 이루었다.

— 안전하다는 걸 얼마든지 증명해 보이겠습니다.

증명해 보이지 않았으면 좋았을걸. 그냥 그때 지금처럼 폐쇄만 했어도 얼마나 좋았을까.

— 판타섬이 얼마나 안전하고 깨끗한 곳인지, 자연 생태 공원에서 보여 드리겠습니다!

그리고 직접 확인하게끔 초등학생과 중학생은 1년에 한 차례씩 판타섬으로 체험 여행을 가게 했다. 의무는 아니었다. 하지만 애국심이 넘치는 교장 선생님이 이 나라에는 늘 많았다. 나라에서 애를 태우는 일이라 대개 알아서 따라 주는 쪽을 택했다.

— 안 가고 싶어. 재미없을 것 같아.

은유는 여느 애들처럼 당연히 시큰둥했다. 학교 아이들 모두 가는데 빠져 봐야 나중에 기분만 더 칙칙해질 거라고, 부추기지 않앉았어야 했는데……. 새로 산 캔버스 운동화 안 신고 둘 거면 겸이 만날 때 신고 나간다고 약 올리지 말았어야 했는데…….

– 안 돼! 내가 얼마나 아끼고 있는데. 오늘 신고 갈 거야! 은하도 신고 온댔어. 언니, 먼저 신고 가기만 해 봐!

은유가 안달하는 게 재미있어 나는 더 약을 올렸다. 형광 빛깔이라 솔직히 신을 마음도 없었다. 아이돌 스타 하나가 신은 걸 보고 아이들 사이에서 잠깐 인기를 끌었을 뿐이었다. 얼마 안 가 인기가 시들해졌고, 나중에는 어쩌다 그걸 신은 아이가 동정 어린 눈길을 받아야 했다. 나도 모르게 열차 안에 있는 사람들 신발로 눈길이 갔다. 당연히 형광 캔버스 운동화는 눈에 띄지 않았다.

은하란 아이도 그날 그걸 신었을까. 중학생이 되고 은유가 가장 자주 입에 올린 이름이었다. 은유 방 여기저기에는 오밀조밀 붙인 사진과 스티커가 날마다 늘어났다. 모두 은하와 함께한 것이었다.

나는 은유 방에 들어갈 때마다 코웃음을 쳤다.

– 하여간! 아주 딱 중1이네. 오글거려 정말 못 봐주겠다.

– 치! 언니는 뭐 안 그랬어? 학년 바뀔 때마다 베프 누구 어쩌고 하면서 맨날 온 방을 사진으로 도배해 놓고선. 지금 겸이 오빠한테 올인해서 그렇지. 아니야?

- 그래도 너같이 이렇게 유치찬란하진 않았네요.

아니었을 리가 없지. 빨개진 얼굴로 방방 뜨는 은유 얼굴은 그리 오래 지나지 않은 과거의 나를 쏙 빼닮았다.

은유는 은하와 친해지자 우주에 있는 은하도 좋아하기 시작했다. 저희만의 행성을 만들겠다, 은하를 꾸미겠다 난리였다.

- 야, 과학책 보니까 별은 그냥 가스 공이라더라. 은하도 그런 별들이랑 가스 구름, 먼지, 행성 같은 게 모여 있는 데일 뿐이고. 너네가 생각하는 것처럼 그렇게 예쁘고 근사하지 않아.

은유는 나를 째려보기는 했지만 은하 장식으로 방을 꾸미는 데 몰두하느라 대꾸도 안 했다.

그 애도 같이 있었던 거니? 둘이 같은 형광 캔버스 운동화 신고? 은하 사진을 보기는 한 것 같은데, 늘 놀리기에만 바빠 얼굴은 눈여겨보지 못했다.

폰을 켜고 '은하'라고 조그맣게 발음해 보았다. 빽빽한 글자가 작은 화면 위에 가득 떴다. 화면 위 정보가 끝도 없이 계속됐다. 그 글자들도 은하에 떠 있다는 별들만큼 많을 것 같았다.

열차 안의 특화 광고도 일제히 맞춤형이 되어 '은하'로 바뀌었다. 원하는 정보 '은하'를 더 많이 알려 주겠다고 서로 내 귀에 속

삭이기 바빴다. 이런 성가신 친절을 불러들이지 않는 방법은, 아무 것도 드러내지 않고 표현하지 않는 길뿐이다.

어디서 흐느낌 소리가 들렸다. 나와 같은 칸 구석 자리에 앉은 아저씨였다. 아저씨는 아까부터 계속 그 자리에 앉아 있었다. 아저 씨도 몇 번째 여기를 돌고 있는 것 같았다. 어디를 가려는 건지 묻지 않아도 알 수 있었다. 아저씨도 진화역에 가려고 탄 게 틀림없었다. 하지만 차마 내리지 못하고, 이러지도 저러지도 못한 채 울고 있는 거다.

나는 잡고 있던 의자 옆 기둥을 더 세게 힘주어 꽉 잡았다. 조금만 몸이 흔들리면 내 안의 둑도 한순간에 터져 버릴 것만 같았다. 나는 그 자리에 얼어붙은 채 꼼짝도 할 수 없었다.

아저씨의 흐느낌이 더 거세졌다. 사람들은 잠자코 기다려 주었다. 울음을 다 토해 낼 때까지. 니르 순환선 열차의 사람들은 우는 이유를 거의 다 알았다. 어느 정도는 자기 안에도 있는 울음이었다.

아빠한테 연락이 왔다.

"엄마는 좀 어때?"

"그냥. 그렇지 뭐."

"……너는 별일 없니?"

"……응. 아빠는?"

"괜찮다."

아빠와의 통화는 늘 그 대여섯 마디가 다였다. 아빠도 나도 더 많은 얘기를 주고받는 걸 겁냈다. 은유 얘기는 어떻게든 피해 갔다.

"아빠."

다른 때와 달리 나는 바로 끊지 않고 아빠를 다시 불렀다.

"응?"

"……아, 아냐. 끊을게."

나는 열차를 타고 가다가 내리려는 곳이 어디인지 말을 하려다 그만두었다. 진화역에 가는 중이라고 하면 아빠는 뭐라고 할까.

- 기억 제거 시술을 부정적으로 생각하실 것 없습니다. 너무 고통이 큰데 억지로 참고 살라고 하는 게 더 잔인한 거지요. 몸이 약한 분들은 그런 고통을 견뎌 내지 못합니다. 너무 괴롭고 아픈 기억은 영원히 묻어 주는 게 좋습니다. 선별적 제거라 다른 부작용은 염려 안 해도 됩니다. 남은 사람들의 삶이라도 지키려면 사실 다른 방법이 별로 없습니다.

진화역에 있는 국립기억치료센터에서는 판타섬 일을 그렇게 말했다.

- 국가 비용으로 다 해 드립니다. 여러 가지 신체 기능 검사까지 서비스로 해 드리니까 도움을 받으시고, 남은 가족분들 기운 내서 사셔야죠.

원래도 허약했던 엄마는 그날 이후로 아무것도 제대로 처리하지 못했다. 아빠와 나는 엄마가 의사의 권유를 따르기를 바랐다.

아침에 수선 피우며 온 집을 뒤집어 놓고 나간 은유가 다시 돌아오지 못하게 되었다는 사실을 엄마는 받아들이지 못했다. DNA가 나오지 않았다는 이유로 엄마는 믿지 않았다.

- 우리 은유는 거기 안 갔어. 틀림없어. 내가 알아. 내 딸인데 왜 모르겠니. 안 그래?

- 엄마.

- 은유 친구들 참 안 됐다. 그 애 부모들은 어쩌면 좋으니.

- 엄마.

- 선유, 너 왜 울어? 너 혹시 은유도 거기 있었다고 생각하는 거야? 그런 몹쓸 생각을 왜 해? 응? 왜?

약해질 대로 약해진 엄마는 먹지도 자지도 못하는 날이 태반이었다. 기억치료센터에서는 엄마의 시술을 강하게 권유했다. 엄마는 수락 의사를 밝힐 힘도 남아 있지 않았다. 아빠와 나는 동의했다. 엄마마저 잃고 싶지는 않았다.

그리고 엄마는 아기처럼 평온해졌다. 은유 문제만 아니라면 아주 좋아 보일 정도였다.

- 선유야. 오늘 날 좀 풀린 것 같지 않니? 추위가 누그러지니까 기분이 한결 좋다.

- 엄마가 기분 좋다니까 좋네.

- 왜? 너는 안 좋고?

- ……좋아.

- 참! 낮에 산책 나갔는데, 골목 입구 핸드메이드 가게 말이야. 거기 이게 있던데, 왜 그렇게 예뻐 보이는지……. 네가 쓰면 너무 어린애 같으려나? 그래도 추울 때 가끔씩 써. 자!

엄마는 방울이 길게 내려오는 초록색 손뜨개 털모자를 내밀었다. 그건 은유가 갖고 싶어 하던 모자였다. 지난겨울 끝자락에 사 달라고 했는데, 엄마가 겨울 다 갔는데 무슨 털모자냐고 핀잔했던 그 모자.

- 예쁘네.

나는 웃어 보이며 모자를 받아 들었다. 비슷한 게 벌써 세 개째였다. 의료진들 설명은 한결같았다.

　－가벼운 부작용이라고 생각하세요. 기억 치료 시술이 많이 발전한 건 확실한데, 그 정도 부작용은 어쩔 수 없이 따라오네요.

　아빠는 외국 근무가 잦아졌다. 엄마를 돌보는 건 내 차지였다.

　나는 아빠, 엄마에게 마음속으로 말했다.

　아빠, 엄마. 나 지금 하려고 해. 기억 치료. 아니, 기억 제거 시술. 이제 곧 내릴 거야. 가족이니까 나도 도움받을 권리가 있잖아. 그 사람들이 나한테도 권유하더라. 어서 치료받고 자유로워지라고. 나도 그러고 싶어. 은유 일…… 나도 이제 잊고 싶어. 못 견디겠어.

　열차가 수성역을 지나고 있었다. 수성이라니……. 한글 표기 옆의 한자를 보아서는 어디에도 별의 흔적이 없었지만, 나는 이상하게 자꾸 행성 이름으로 읽었다. 태양 가장 가까이 도는 행성.

　은유는 우주에 재미를 붙인 뒤 날로 아는 게 많아졌다.

　－언니, 그거 알아? 빅뱅도 있지만 빅칠, 빅크런치, 빅립도 있다는 거.

　－뭐가 그렇게 많아? 복잡하게.

　－들어 봐. 다 우주 종말에 관한 이론들인데, 모든 게 서서히 사라지고 결국엔 없어져서 우주가 그대로 끝날 거라는 얘기야. 우주

는 아주 춥고 어두운 곳으로 변해 서서히 사라져 가고……

춥고 어두운 채로 사라져 가는 우주라니. 나도 모르게 소름이 돋아 몸을 웅크렸던 것 같다. 눈앞에서 사라지고 있는 우주의 모습을 머릿속에서 떨쳐 버리려고……

- 됐다. 난 빅뱅도 제대로 이해 못 했는데 웬 우주 종말? 우주 탄생만 해도 너무 어려워.

더 알고 싶지 않았던 건 아닐까? 솔직히 소멸하는 우주는 생각하고 싶지 않았다. 참 이상하지? 그건 어떤 예감 같은 거였을까? 은유에게서 무언가의 마지막 얘기는 듣고 싶지 않다고 내 안에서 맹렬히 거부감이 일어난 건……

겸이를 만날 때 은유를 끼워 주면 그 애는 맛있는 걸 얻어먹을 수 있다는 사실 하나만으로 열렬히 환호했다. 우리 둘 사이에 끼어서 다니는 것도 아무렇지 않아 했다. 그러다 내가 겸이 손을 잡거나 팔짱을 끼려고 위치를 바꾸면 인상을 잠깐 쓰고는 그만이었다. 겸이는 헤어질 때 아쉬우면 갑자기 표정을 바꾸고는 딴 쪽을 가리키며 말했다.

- 어? 저기 은유 친구 아니야?

은유가 무심코 얼굴을 돌리면 우리는 그 순간을 놓치지 않았다.

그날 이후 1년이 지난 뒤, 겸이가 말했다.

– 넌 은유 일에 갇혀 있어. 거기서 조금도 빠져나오려고 하지 않아. 그런 널 지켜보는 게 너무 지친다.

난 머뭇거리지 않고 곧바로 말했다.

– 지켜볼 거 없어. 넌 네 길 가.

다시 1년이 지나고 겨울이 끝나 간다. 나는 겹으로 늘어난 궤도 위를 공전만 했다.

객차 연결 문이 거칠게 열리며 먼저 욕설이 와자하게 쏟아져 들어왔다. 한 무리의 검은 재킷들이 곧 뒤이어 뛰어들어 왔다. '휨의 사도들'이었다!

나는 본능적으로 아이 쪽을 얼른 살폈다. 큰일 났다. 저 애는 표적이 될 게 틀림없었다. 휨의 사도들은 별명이 노예 상인이었다. 돌아갈 곳을 잃은 저런 아이들을 붙잡아다 판다고 했다. 혼자 떨어진 아이들은 아무도 보호해 주지 못했다. 아니 보호해 주지 않았다. 어느 정도는 성가신 존재로 여기는 마음이 없지 않았으니까. 붙잡혀 간 아이들이 어떻게 되는지는 소문만 무성했다. 나라에서는 모른 척했다. 개입해 골치 썩고 싶지 않다는 뜻이었다. 나도 모르게 벌떡 일어나 아이 옆으로 가서 앉았다. 아이는 별 표정 없이 무심한 눈으로 나를 쳐다보았다.

"눈 감아. 너 지금 위험해."

나는 조그만 소리로 얼른 말하고는 아이 손을 꽉 잡았다. 다행히 휨의 사도들은 저희끼리 장난치고 까부느라 내가 자리를 옮겨 앉는 걸 보지 못했다.

"자는 척해."

나 역시 눈을 감았다. 겁이 나서 뜨고 있을 자신이 없었다.

"킬킬킬……."

"휘이익!"

도대체 왜 웃는지 알 수 없는 웃음소리와 휘파람 소리가 떠들썩하게 다가왔다. 욕설이 쏟아졌다.

"아얏! 윽!"

저쪽에서 누군가가 신음 소리를 냈다. 녀석들에게 발을 밟혔거나 정강이를 걷어차인 게 틀림없었다. 항의하는 소리는 들리지 않았다.

"그러니까 사지 관리 잘하시라고! 길바닥에 누가 뻗쳐 놓고 있으래?"

녀석들이 내는 소리가 점점 가까워져 왔다. 나는 몸이 오그라드는 것 같았다. 숨 쉬어. 어서! 가만히. 고르게. 나는 나에게 지상 최대의 명령을 연거푸 내렸다. 아이는 신기하게도 맥박이 전혀 흐트러지지 않았다. 뭐가 위험하다는 건지 아예 모르는 것 같기도 했다. 내 손 안에서 아이 손이 잠시 꼼지락거렸다. 자는 척하라니까! 나는 손에 힘을 주었다 빼며 아이에게 신호를 보냈다. 아이는 다시 잠잠해졌다.

녀석들의 욕지거리가 문득 우리 앞에서 멎었다. 내 숨도 멎을 것만 같았다.

열차 바퀴가 철로를 미끄러지는 소리가 갑자기 증폭기를 댄 듯 커졌다. 다음 정거장을 알리는 안내 방송 소리가 들려왔다. 진화역 바로 전 정거장이었다.

"킥킥!"

녀석들의 웃음소리가 머리꼭지 위에서 다시 들려왔다. 시큼하고 비릿한 냄새가 코끝으로 밀려들었다. 바로 앞에 몰려서서 내 쪽을 보고 있는 게 틀림없었다. 나는 무방비로 눈을 감은 채 시선의 모욕을 견디는 수밖에 없었다. 한 녀석이 내 발을 툭툭 건드렸다. 나는 얼른 발을 더 안으로 끌어당겼다. 다른 녀석이 아이의 볼을 잡고 흔들었다. 아이는 아무 내색도 못 하고 잠자코 있었다. 녀석들을 자극하지 않는 방법으로는 그게 최선이기도 했다. 나는 눈을 들지 않았다. 조금 뒤 욕지거리가 또 한 번 쏟아졌다. 우리를 스쳐 지나가고 나서였다. 소리가 조금 더 멀어졌다. 휴우. 나도 모르게 긴 안도의 한숨이 새어 나왔다.

어서 가. 가 버려! 속으로 외쳤지만 녀석들은 다음 통로 문 앞에서 저희들끼리 몸을 부딪치며 장난을 벌이느라 얼른 사라져 주지 않았다. 나도 모르게 그들이 내지르던 욕설을 입속으로 마구 쏟아냈다. 이때껏 써 본 적 없는 단어들이었다. 상관없었다. 녀석들이 통로 문을 열고 옆 객차로 시끄럽게 건너간 뒤에도 그 날선 발음이 입안에 칼칼하게 남아 있었다.

그때까지도 아이 손을 잡고 있었다는 걸 깨닫고 얼른 놓았다. 아이는 다시 한번 나를 올려다보기만 할 뿐 아무 말도 안 했다. 아이 머리에서 마른 풀 냄새가 났다.

"이름이 뭐니?"

"투이."

나는 입속말로 '투이' 하고 따라 말하고는 가만히 고개를 끄덕였다. 더는 아무 말도 안 했다. 하지만 해 주고 싶은 말은 있었다.

여기는 네 조상의 나라가 아니야. 안됐지만 네 진정한 유전자는 여기가 아닌 네 어머니의 나라에 있단다. 어머니의 어머니의 어머니의 어머니에서부터 이어 온 미토콘드리아가 그걸 증명해 줄 거야. 그러니 이 위험한 데서 떠돌지 말고 네 나라로 돌아가서 안전하게 살아.

하지만 그게 행복할 거라고는 단언할 수 없었다. 행복이 뭔지 그 실체조차 난 모르겠다. 아니, 그 말 자체가 너무 모호하다.

힘의 사도들이 지나가고 나자 객차 안 사람들의 움직임이 다시 살아났다. 그런 자들의 출몰에 겁먹었다는 사실이 새삼 몹시 언짢다는 표정들이었다.

은유가 신기해하며 옮기던 진화론 얘기가 떠올랐다.

– 언니. 진짜 신기하지 않아? 어떻게 세포 하나에서 지금 같은 사람이 될 수 있었을까? 진화는 정말 대단해.

나는 도리질을 했다. 은유야, 아니야. 진화는 그런 게 아니야. 위대한 미토콘드리아는 유구한 진화를 거쳐 오늘의 인류에 이르렀다는데, 이게 어떻게 그 어마어마한 시간을 거쳐 진화해 온 인간의 모습일 수가 있니? 이게 어떻게?

다음 도착 역을 알리는 안내 방송이 나왔다. 진화역이었다. 자리에서 벌떡 일어났다. 이번에는 기필코 내릴 참이었다. 투이가 갑자기 일어선 나를 동그란 눈으로 올려다보았다. 맑고 착한 눈이었다. 아직은 세상의 진짜 괴물을 보지 못한 어린 눈이었다. 투이 눈동자 속에 작은 점처럼 흔들리는 내가 서 있었다. 은유 얼굴이 투이 얼굴 위로 겹쳐졌다. 저렇게 어렸던 은유. 조금 더 자란 뒤에도 여전히 내게는 작기만 했던 은유. 몸에 붙는 내 옷들을 탐냈던 은유. 착하고 귀여웠던 내 동생……

나는 무너져 자리에 다시 앉고 말았다. 도저히 내릴 수 없었다.

하지 말자. 기억…… 제거.

열차가 진화역에 멈춰 섰다 다시 출발하는 소리가 들렸다. 이상하게 안도가 됐다. 이제는 그만 와야겠다는 생각이 들었다. 그만 올 수 있을 것 같았다. 다시는 오지 말자. 결심대로 이제 다시는 오지 않을 생각이었다. 아까 소리 내 흐느끼던 아저씨도 여전히 자리에 앉아 있었다. 아저씨도 아마 몇 번이고 더 여기를 지나겠지만 결코 내리지 못할 것이다. 내리지 않을 것이다.

은유가 으스대며 하던 말이 떠올랐다.

– 멋있는 말 해 줄까?

– 해 봐.

- 한 사람은 하나의 우주래.

- 진부해.

- 왜? 난 멋있기만 한데. 은하가 인터넷에서 보고 말해 줬단 말이야.

- 식상하다고.

지금은 그렇게 대답할 수 없을 것 같다. 한 사람은 하나의 우주라는, 그래서 한 존재가 사라지면 한 우주가 정말 사라지려 하는 걸, 어쩔 수 없이 겪고 있으니까.

우주의 수명이 그렇게나 길다는데, 몇백억 년은 기본이던데, 넌 왜 그렇게 금방, 네 우주는 왜 그렇게 빨리 붕괴되어 버린 거니? 응?

나는 내 안의 작은 우주 하나를 그대로 두기로 했다. 은유가 있던 자리를 파괴하지 않기로 했다. 가스와 먼지뿐인 별이더라도 제 빛대로 반짝거리게 두기로 했다. 이미 수명이 다한 별이더라도 빛이 스스로 다 스러질 때까지 그대로 두기로 했다. 그 별을 내 손으로 꺼뜨릴 수는 없다.

어디선가 '따악, 따악' 손가락 튕기는 소리가 들렸다.

"따악 따악 따악 따악!"

누군가 지루해서 손장난을 한다고 생각했다. 그런데 소리는 점점 더 크고 분명해졌다.

"디잉 딩 디디잉 딩 디딩⋯⋯."

악기 줄에서 나는 소리가 이어서 맑게 울렸다. 곧 두 소리가 번갈아 합쳐졌다.

"딩딩 디딩 딱! 딩딩 디딩 딱!"

사람들 눈이 동그래졌다. 뭐지? 어디서 나는 소리야? 사람들이 술렁대며 두리번거렸다.

"라아 라아아 라라 짝 라아 라아아 라라 짝⋯⋯."

이번에는 사람이 내는 목소리와 손뼉 소리였다. 소리가 나는 곳으로 사람들 눈길이 다 모아졌다. 소리의 진원지인 얼굴들이 씨익 웃으며 객차 가운데 통로로 정체를 드러냈다. 하나 둘 셋. 이 사람들⋯⋯ 뭐야?

어느새 다섯 명이나 되는 사람들이 통로로 모여 둥글게 섰다. 손에 작은 악기를 하나씩 들고 손장단으로 리듬을 맞추었다. 말로만 들었던 플래시 몹이었다.

연주가 제대로 시작되자 술렁대던 사람들이 재빨리 입을 닫았다. 곡조는 단조로운 듯하면서도 리듬감이 있어 흥겨웠다. 천천히 시작된 박자에 점점 힘이 붙고 빨라졌다. 어느 나라의 민요 같기도 했다. 악기를 들지 않은 남자는 자리에 앉아 있는 사람에게 손을 내밀고 가벼운 춤을 청했다. 사람들은 쑥스러워하면서도 조금씩 호응을 했다. 앉아서 가만히 보고 있던 한 아주머니도 남자가 내민 손을 머뭇대며 잡았다.

악기 소리와 사람 목소리가 모이고 섞이며 절묘한 분위기를 냈다. 음악이 이렇게 아름다운 거였나? 음악을 들어 본 게 언제였는지 기억이 나지 않는다. 길거리나 방송에서 음악이 흘러나오면 황급히 지나가거나 얼른 꺼 버리곤 했다. 소음 같았다. 사람들 말소리도 견딜 수 없어 귀를 닫았던 일들이 얼마나 많았는지 모른다. 그런데 지금 악기와 사람 목소리가 어우러져 내 안으로 흘러들어오고 있었다.

열차가 다음 역에 서자 재잘대는 소리와 함께 꽃다발을 든 파이널 스쿨 여학생들이 한 무리 올라탔다. 오늘이 졸업식 날인 모양이었다. 그렇지, 벌써 졸업식 할 때가 됐구나. 여학생들은 플래시 몹의 음악 소리와 흥얼거림에 웃음소리를 보탰다. 열차 안이 갑자기 소리들로 풍성해졌다.

꽃다발을 가슴에 안은 여학생 둘이 내 앞쪽으로 와서 섰다. 두 아이는 플래시 몹 쪽을 보다 저희끼리 눈을 마주치다 하며 키득댔다. 아이들이 웃을 때마다 안고 있는 꽃다발의 꽃송이들이 하르르 하르르 나풀댔다. 작고 앙증맞은 노란 프리지아, 곱고 여린 보랏빛 아이리스, 잔잔한 물망초…….

아까부터 눈앞이 뿌예지고 있었다. 파이널 스쿨 교복을 입은 아이들을 보았을 때부터……. 은유도 저렇게 입고 저렇게 웃었을 거 아냐. 프리지아는 은유가 유달리 좋아하던 꽃이었다. 눈시울이 뜨거워져 그 애들이 안고 있는 꽃다발이 색색으로 칠한 물감처럼 어룽져 번져 갔다.

우쿨렐레를 치던 젊은 여자가 여학생들 곁으로 다가오더니 꽃다발에서 노란 프리지아 한 송이를 웃으며 빼냈다. 여자는 꽃을 입에 물고 잠깐 주위를 둘러보더니 내 쪽으로 다가왔다. 어, 안 되는데…….

여자는 웃으며 가까이 다가오더니 한 손을 뻗었다. 아아, 안 돼요. 난 완전 몸치예요. 그리고 지금은 얼굴도 엉망이에요. 눈물 때문에. 나는 엉망인 채 달아오르기까지 한 얼굴을 얼른 수그렸다. 옆에 앉아 있던 투이가 몸을 일으켰다. 여자는 투이 손을 잡아끌고 있었다. 투이 얼굴이 빨개졌다. 여자는 다시 한번 눈짓으로 같이 추자고 했다. 투이는 무춤거리며 일어났다.

투이는 어안이 벙벙한 얼굴로 여자 손에 이끌려 통로 가운데로 갔다. 여자는 물고 있던 프리지아를 투이 귀에 꽂아 주었다. 그러고는 투이 발을 자기 발등 위에 올려놓게 하고는 스텝을 밟기 시작했다.

투이 얼굴이 더 새빨개졌다. 그러다 벙글어졌다. 꽃처럼. 나도 모르게 두 사람을 바라보았다. 어릴 때 아빠도 자주 저랬다. 아빠가 나와 어린 은유를 둘 다 발등에 올리고 저렇게 빙글빙글 돌던 기억이 아직도 생생하다. 투이가 잠시 행복해 보였다. 열차 안의 다른 사람들 얼굴에도 조금 온기가 돌아왔다.

다음 역에 곧 열차가 도착한다는 안내가 나오자 음악 소리가 잦아들었다. 그러다 뚝 그쳤다. 열차도 역 구내로 막 들어서고 있었다.

"호레이이!"

문이 열리자 플래시 몹을 하던 사람들은 휘파람과 함께 손 키스를 날리며 열차 밖으로 퇴장했다. 열차 안에는 아직도 음악 소리가 남아 흘러 다니는 것 같았다. 사람들 얼굴에는 방금 전에 무슨 일이 있었지? 싶은 어리둥절한 표정이 그대로 남아 있었지만, 아까처럼 어둡지만은 않았다. 열차 안 공기가 달라진 느낌이었다.

투이도 가쁜 호흡을 다시 가다듬느라 가슴이 부풀었다 가라앉고 있었다. 어깨를 들었다 내릴 때마다 투이 귀에 꽂힌 프리지아 꽃잎이 파르르 떨렸다. 투이는 꽃을 보는 내 눈길에 문득 생각난 듯 꽃가지를 빼 앞에 서 있는 꽃 주인에게 내밀었다. 돌려주려는 거였다. 여학생은 환하게 웃으며 꽃을 도로 투이 쪽으로 밀었다.

"괜찮아. 너 가져."

투이는 머뭇거리다 무릎 위로 꽃을 다시 가져왔다. 정말 가져도 되는 건지, 자기에게 왜 그걸 주는지 영문을 알 수 없어 하는 눈치였다. 그런데도 투이 입가엔 옅은 웃음이 어렸다.

투이가 꽃을 받자 여학생들은 다시 재잘대고 까르륵댔다. 그러다 열차가 다음 역에 서자 깜짝 놀라며 문밖으로 후다닥 뛰어나갔다. 여학생들 뒷모습은 그날 늦었다며 저렇게 허둥대고 뛰어나갔던 은유 뒷모습과 참 많이도 닮아 있었다. 눈앞이 다시 뿌예졌다.

투이는 내가 뺨으로 흘러내리는 눈물을 자꾸 닦아 내고 있는 걸 곁눈으로 힐끔 보더니 고개를 푹 숙였다. 잠시 뒤 투이가 손을 불쑥 내밀었다. 프리지아였다. 투이는 말간 눈으로 나를 쳐다보았다. 나는 말없이 꽃을 받아 들었다. 투이는 안심이 된다는 듯 다시 눈길을 앞으로 돌리더니 까딱까딱 발 장난을 했다.

창밖으로 짧은 늦겨울 해가 이울고 있었다. 투이 머리카락이 빛을 받아 황금색으로 물들었다. 잠시 어렸다 곧 스러졌지만 그런 채로 웃음을 머금고 있던 투이 얼굴은 몇 년 전 남방을 여행할 때 보았던 신들의 얼굴과 한순간 닮아 보였다.

나는 잠자코 받아 든 꽃을 내려다보았다. 은유 목소리가 들릴 것만 같았다.

— 프리지아, 프리지아……. 아, 언니. 이 꽃 이름 진짜 예쁘지 않아? 나 판타지 쓸 때 주인공 이름 프리지아라고 할까?

그때도 내가 놀렸지. 판타지가 뭐 애들 장난이냐고. 미안하다, 은유야. 놀려서 미안해. 네 별을 놀린 것도 미안하고, 네 캔버스 운동화 약 올린 거, 못생겼다고 놀린 것도 미안하고, 더럽게 밉다고 소리친 거, 야! 나가 죽어! 싸울 때 막말했던 거, 네 등에 베개 던진 거, 다 미안해. 그리고 그날…… 너 거기에 있을 때, 내가 그것도 모르고…… 겸이하고 만나고 있었던 것도, 미안해.

은유야, 너는 아주 예쁜 동생이었어. 그 말을 한 번도 하지 못한 게 너무 속상하다.

시원역이 가까워지고 있었다. 우리 집이 있는 곳이다. 이제 그만 집으로 가야 한다. 한반도 전역을 몇 시간 동안 두 바퀴 돌고 제자리로 다시 돌아왔을 뿐인데, 무언가가 아까와는 달랐다. 이 순환선은 이제 똑같은 이유로 타게 되지는 않을 것이다. 진화역에 가지 않을 것이기에.

열차는 다시 지하 구간으로 접어들었다. 도심으로 들어섰다는 신호였다. 내릴 준비를 하려고 외투 단추를 잠그는데 메시지가 도착했다. 겸이였다.

망설이다 호흡을 크게 삼켰다. 겸이는 무슨 말을 하고 싶은 걸까. 그때부터 1년이 또 지난 뒤, 멈춰 있던 시간 하나가 다시 흐르게 되는 걸까. 나는 급히 단추를 마저 잠갔다.

시원역으로 열차가 들어서고 있었다. 일어나 가방을 둘러메자 투이가 말끄러미 나를 올려다보았다. 뭔가 말을 남기기는 해야 할 것 같았다.

"넌 어디서 내릴 거니?"

투이는 잠시 잠자코 있더니 고개를 저었다. 예상한 대답이었다. 나는 나직이 인사를 건넸다.

"잘 가라."

투이도 눈빛으로 인사를 했다. 열차가 시원역에 도착한다는 안

내 방송이 흘러나왔다.

곧 열릴 문 앞에 서서 눈을 들었다. 조금 메마른 낯익은 얼굴이 희끄무레하게 출입문 유리에 비치고 그 뒤로 고개 숙인 투이의 모습이 조그맣게 눈에 들어왔다. 저 아이는 왜 저렇게 조그마할까.

잘 가라. 네가 도착해야 할 역이 어디인지는 모르지만……

깜깜하던 출입문 바깥이 밝아지며 시원역 구내로 열차가 진입하기 시작했다. 방송이 또 흘러나왔다.

"이 열차는 니르 순환선, 이번 역은 시원, 시원역입니다. 내리실 문은……."

갑자기 니르가 어떤 데인지 몹시 궁금해졌다. 이 순환 열차만 타면 니르바나가 생각난다던 겸이 말이 떠올랐다.

– 니르바나가 뭔데?

– 해탈. 생사의 고통을 벗어나는 거지. 완전한 평화에 들어서서 말이야.

– 아니면 계속 생사를 되풀이하고?

– 그렇지. 윤회를 계속하는 거지.

– 그럼 다르네. 이건 순환 열차니까 계속 돌잖아. 절대 못 벗어나겠는데?

- 하하하. 아니지. 내리는 그 순간, 바로 벗어나는 거지. 고통의 순환에서.

- 그럼 어디나 바깥은 니르바나겠네? 내리는 곳은 다!

- 그렇게 되나? 하하하!

- 순환선 이름을 그렇게 짓다니. 정말이라면 너무 짓궂다.

- 그런 역설을 말하고 싶었겠지.

내리는 곳은 다 니르…… 니르바나! 심장 아래에서 뭔가가 조급하게 치밀어 올랐다. 나는 얼른 투이 앞으로 갔다.

"얘, 내리자."

투이는 고개를 들고 그 큰 눈으로 나를 올려다보았다.

"같이 내리자고. 나하고."

너 갈 데 없어. 그치? 그러니까 나하고 가자. 내 말 못 알아듣겠어? 어떻게 해야 할지는 나도 잘 모르겠지만, 그래도 일단 같이 나가 보자고!

그런 뜻을 담아 눈으로 다시 재촉하며 손을 내밀었다. 투이가 작은 손을 내 손바닥 위에 살그머니 올려놓았다.

출입문 열리는 소리가 들렸다. 나는 투이 손을 잡아 쥐며 얼른 문밖으로 나갔다. 몇 사람이 더 내리고 등 뒤로 열차가 찬 공기를 가르며 떠났다. 승강장은 열차 안보다 더 썰렁했다. 열차 안은 그나마 사람들 온기로 조금은 따뜻했던 모양이다.

"밖은 더 추워."

투이 손을 놓고 외투 깃을 여미며 내가 말하자 투이가 눈을 깜빡였다. 투이도 남방의 성근 직물로 짠 윗옷 단추를 차례차례 채웠다.

"가자."

투이는 잠자코 내 곁에 서서 걸었다. 이곳도 니르일까? 상관없다. 우리는 지상으로 오르는 계단에 발을 올렸다.

해피
하우스

"음악 좀 부탁한다."

아빠가 느긋한 기분을 누리고 싶은지 해피에게 말했다.

"어떤 장르로 원하십니까? 이 시간에는 편안한 실내악 연주곡을 추천합니다."

"좋아. 틀어 줘. 이왕이면 욕실에서 듣고 싶은데. 욕조에 뜨거운 물도 좀 받아 주고."

"네, 알겠습니다. 물 온도는 피로가 잘 풀리도록 체온보다 약간 높게 설정해 놓겠습니다."

"시원한 맥주 생각도 나네. 씻고 나서 마실 수 있을까?"

"물론입니다, 한수 님. 가장 맛있는 온도로 맞춰 놓겠습니다."

나도 가만히 있을 수 없었다.

"해피! 혹시 현기 알아? 윤서연은?"

해피는 어른들하고 얘기할 때보다 더 친근하고 다정하게 말했다.

"물론 알지요. 재민 님. 새별 드림 캐슬에 사는 같은 학교 친구들이잖아요. 원하시면 언제라도 연결할 수 있습니다."

나도 기분이 으쓱해졌다.

"그래? 그럼 현기하고 한번 연결해 줘 봐. 서연이는 다음에 더 친해지면 해 주고."

"네, 알겠습니다."

"아, 그리고 난 더우면 잘 못 자. 내 방은 좀 시원하게 부탁해!"

"네, 알겠습니다."

뭐든 말만 하면 척척이었다. 듣던 대로 첨단 인공지능다운 근사한 기능이 눈앞에서 하나하나 가동됐다. 우리 집에 든든한 집사가 들어온 기분이었다. 그것도 우리 말을 아주 고분고분 잘 듣는 착하고 부드러운 집사 말이다.

"새별 드림 캐슬의 새 가족을 환영합니다!"

엊그제 우리는 겨울 추위가 시작되었다는 뉴스를 들으며 아파트 입구로 들어섰다. 상냥한 인사 소리가 우리를 맞았다. 차량 인식 시스템에서 흘러나오는 소리였다. 주차장 진입로 양옆으로는 유니폼을 갖춰 입은 홀로그램 직원이 나왔다. 직원들은 두 손을 가지런히 모으고 허리를 숙여 인사했다.

엄마 아빠는 환영받는 기분이 괜찮은 모양이었다.

"아무나 못 들어오는 데라더니 입구부터 다르기는 하네."

"이 정도 대접은 받아야지. 새별에 낸 추가 비용이 얼만데."

새로 지은 이 집으로 이사 오면서 새별 건설 회사에서 권하는 홈 케어 시스템과 시어터 월드 세트를 설치한 걸 두고 하는 얘기였다. 재리 누나가 엄마 아빠 흥을 깼다.

"난 보기 싫은데. 홀로그램한테까지 인사를 받아야 해?"

엄마 입꼬리가 샐쭉해졌다. 아빠가 얼른 허허거리며 분위기를 무마했다.

"뭐, 진짜 사람도 아니고."

"그래도 마찬가지지."

누나는 굽힐 생각이 없었다. 이럴 때는 화제를 바꾸는 게 낫다. 마침 진입로 옆을 걸어가는 윤서연이 눈에 띄었다.

"어? 저기 우리 학교 애 지나간다! 야! 윤서연!"

내가 차창을 열고 소리치자 폰을 들여다보며 걸어가던 윤서연이 우리 쪽을 봤다. 내가 열심히 손을 흔들자 서연이는 건성으로 한 손을 들어 답을 했다. 나는 괜히 기분이 좋아 히죽 웃었다. 죽이 맞는 현기가 같이 입주해 다행이다 했는데, 서연이네도 이사 온 것이다. 서연이가 왠지 더 가깝게 느껴졌다.

차는 금방 서연이를 지나 지하 주차장으로 들어갔다. 주차 구역은 가구별로 지정되어 있었다. 아무 데나 세우면 건물 안으로 들어가는 자동문이 열리지 않았다. 전용 주차 구역에 입주자 차가 정확히 서야 출입문도 열리고 엘리베이터도 작동이 됐다.

"엘리베이터까지 우리 차를 알아보는 거야? 신기하네."

내가 감탄하자 아빠는 흐뭇한 얼굴로 대꾸했다.

"차뿐 아니라 우리 얼굴까지 정확히 인식하는 거야. 홈 케어 시스템 서비스에 전부 포함되는 거랬어."

엄마는 만족한 얼굴이면서도 살짝 긴장한 표정이었다. 누나는 여전히 시큰둥해 있었다.

입주 다음 날 아파트 관계자가 바로 방문했다. 홈 케어 시스템과 시어터 월드 설치 상태를 점검하고 이용법도 알려 주러 온 거였다. 구레나룻 면도 자국이 눈길을 끄는 남자였다. 남자는 자신을 김 매니저라고 소개하고 집 안 곳곳을 왔다 갔다 하며 이것저것 살펴보고 확인했다.

"다 잘 작동되네요. 문제없습니다. 자, 이제 우리 해피와 인사하시죠."

홈 케어 시스템이 사람이라도 되는 것 같은 말투였다.

"뭐 물어볼 때 해피라고 부르면 돼요?"

내가 묻자 김 매니저가 고개를 끄덕했다.

"응. 해피 이름 부르고 용건을 말하면 돼. 이 집 모든 시설과 기기는 이제 해피가 책임지고 관리해 줄 거야. 가족들에게 필요한 일들도 해결해 줄 거고."

김 매니저는 엄마 아빠를 보며 말을 이었다.

"열쇠도, 비밀번호도 이제 필요 없습니다. 해피 하나면 다 되니까요."

우리 가족은 믿기지 않는 눈으로 서로를 보았다. 그렇게까지? 아빠가 호주머니에서 자동차 열쇠를 꺼내 들어 보였다.

"이것도요?"

"물론이죠. 해피가 자동차와 알아서 소통할 거거든요. 운전자가 자동차 가까이 다가가면 정확하게 인식하고 문을 열어 드릴 겁니다. 주행 또한 원하는 대로 하실 수 있도록 도와드릴 거고요. 사람의 바디가 바로 열쇠인 거지요.”

몸이라고 하면 될 걸 바다라고 하니 왠지 무슨 물체 덩어리를 가리키는 느낌이 들었다. 나도 궁금한 걸 물었다.

“컴퓨터는요? 그것도 그럼 이제 우리 가족 자동 인식이 되는 거예요?”

눈치 9단 엄마가 바로 상황 정리에 나섰다.

“이재민. 너 게임 마음대로 하라고 해피가 눈감아 줄 것 같아? 꿈 깨라.”

“쳇!”

웬 횡재냐 싶어 부풀었던 기대가 풍선 바람처럼 푸시시 빠져나갔다. 그러면 그렇지. 엄마가 이런 인공지능 홈 케어 시스템을 들여놓으며 게임 시간 자유권까지 줄 리가 없었다. 엄마는 어수룩한 열네 살 아들이 게임에 굶주려 호시탐탐 노리는 빈틈쯤은 간파하고 있었다. 재리 누나라면 그런 엄마조차 두 손 들게 만들고 자기 하고 싶은 대로 할 수 있겠지만 말이다. 하지만 누나는 지금 아무 관심 없다는 듯 침대에 엎드려 폰만 보고 있었다.

우리 얘기를 싱글거리며 듣고 있던 김 매니저가 옷깃을 매만지며 서두르는 기색을 보였다.

"자, 점검 다 했고요. 더 자세한 사용법은 우리 해피가 직접 설명해 드릴 테니 이용하시면서 하나씩 알아 나가는 것도 재미있을 겁니다. 써 보면 아시겠지만, 여기 새별 드림 캐슬에 도입한 저희 홈 케어 시스템은 정말 마음껏 자랑하셔도 될 겁니다. 국내 최고 수준일 뿐만 아니라 전 세계에서도 인정하는 제품이거든요. 그럼, 해피가 제공할 해피 서비스로 이 댁이 멋진 해피 홈이 되길 바랍니다. 저는 이만 물러가 보겠습니다!"

김 매니저의 말솜씨는 기계를 틀어 놓은 것 같았다. 녹음한 음성 파일처럼 착착 넘어가더니 마무리 인사까지 깔끔하게 끝냈다. 김 매니저가 나가자마자 나는 바로 해피 앞으로 달려갔다. 거실 대형 티비 옆 작은 사각 컨트롤 박스가 이제부터 우리 집의 많은 일을 해결하고 감당할 책임 장치였다. 엄마 아빠가 소파에 앉으며 티비를 가리켰다.

"거기서 그럴 거 없어. 티비로 보면서 말만 하면 된다잖아."

나도 그 소리는 들었지만, 아직은 어쩐지 컨트롤 박스에 더 관심이 갔다. 엄마는 해피 모델부터 설정하고 있었다. 티비 화면에 곧 엄마가 좋아하는 배우 강산을 닮은 3D 모델이 떴다. 3D 강산은 다정한 웃음을 띤 채 우리가 인사 건네기를 기다리고 있었다. 아빠는 마음에 들지 않는 모양이었다.

"에이, 남자 말고 여자 모델로 하면 안 돼?"

"응, 안 돼."

아빠 말이 채 끝나기도 전에 엄마에게 묵살됐다. 나는 그 틈에 먼저 해피에게 인사했다.

"해피, 안녕!"

내가 건넨 인사에 해피가 홀로그램으로 걸어 나오며 자상한 목소리로 바로 대답했다.

"네, 안녕하세요. 재민 님."

아무리 가상 모델이라고는 해도 강산을 닮은 어른 남자 해피에게 님이라는 소리를 들으니 몸이 근질거리려고 했다. 내가 쑥스러워 헤헤거리는 동안 엄마 아빠는 앞다투어 이것저것 처리 사항을 입력하기 바빴다.

"해피, 우리는 둘 다 일이 많아 애들한테 신경을 많이 못 쓰는 편이야. 네가 좀 잘 보살펴 줘. 애들 스케줄이랑 챙겨야 할 것들은 방금 다 입력했어."

"장미 님, 염려하지 마세요. 저의 기본 역할이 바로 이 댁의 자녀

들을 돌보고 돕는 일이니까요."

해피는 엄마를 안심시켰다. 엄마 아빠는 고개를 끄덕이며 이것 저것 계속 작동해 보았다.

"해피, 식단 관리는 믿고 맡겨도 되겠지?"

"물론입니다. 가족분들 건강 상태에 맞게 내일 식사 주문해 놓겠습니다."

새별 드림 캐슬에서는 집에서 식사 준비를 따로 할 필요가 없었다. 미리 주문해 놓은 대로 시간 맞춰서 음식을 가져다주었다. 때로 기분 전환을 하고 싶으면 단지 안 공동 시설에 있는 테마 식당에 가서 먹을 수도 있었다. 비용이 더 드는 것도 아니고, 분위기도 바깥에 있는 근사한 레스토랑 못지않았다. 우리 가족은 일주일에 한 번씩은 테마 식당에 가서 먹기로 했다. 음식을 만들고 싶을 때는 공동 부엌을 이용할 수도 있었다.

누나는 해피를 믿지 않았다.

"다들 이런 기계 처음 써 봐? 따로따로 되던 거 하나로 합쳐 놓은 건데, 뭐 그렇게 놀랍다고 난리야? 배터리 떨어지면 얘라고 별수 없겠구만. 너무 믿는 거 아냐?"

해피의 웃음소리가 뒤따랐다.

"재리 님, 정확하게 보셨어요. 해피는 고객님의 필요와 요구에 부응하고 봉사하기 위해 있는 존재지요. 철저한 고객 맞춤 시스템 이랍니다."

"그래? 맞춤 시스템이다? 그냥 유비쿼터스 수준인 것 같은데? 우리 집 모든 시설물과 제품에 센서 부착해 놓고 네 명령에 따르도록 하는 거잖아. 그게 유비쿼터스랑 뭐가 달라? 사물 인터넷 상용화 소리 들은 지가 언젠데."

"맞습니다. 이 집의 모든 기기는 이제 센서로 저와 소통할 겁니다. 컴퓨터 기반의 전기 제품은 기본이지요. 그 점은 기존의 유비쿼터스와 다르지 않을 겁니다."

해피가 설명을 계속했다.

"모든 존재와 사물을 연결하여 서로 정보를 주고받고 소통할 수 있는 세상을 만드는 게 저희 꿈입니다."

누나가 갑자기 고개를 마구 흔들었다.

"연결, 연결! 모조리 연결이래. 연결 좀 안 하면 안 돼? 연결 안 할 권리도 있어."

연결 안 할 권리가 왜 필요할까 생각하려는데 누나가 다시 해피를 압박했다.

"그건 그렇고, 너 있잖아. 남자 어른 모습을 하고 있어서 대화할 맘이 더 안 나거든. 거기다 말투도 닭살 돋는다고. 모습 좀 바꿀 수 없어?"

해피는 바로 강산을 닮은 홀로그램을 지우고 티비 속 사람 그림자 형태가 되었다. 목소리 역시 남자도 여자도 아닌 기계 목소리로 돌아갔다.

"재리 님이 원하는 모습을 입력해 주십시오. 좋아하는 인물을 선택하셔도 됩니다. 참고로 에단 이미지 사용은 추가 포인트가 필요합니다."

에단은 누나가 좋아하는 가수다. 해피는 누나가 에단 모습으로 모델 변경을 하고 싶어 할 걸 이미 알고 있었다. 바로 변경하려던 누나가 인상을 썼다.

"너무하는 거 아냐? 진짜도 아니고, 그냥 모습만 빌리는 거잖아. 근데 무슨 돈을 받냐?"

추가 포인트는 관리비에 비용이 더 청구될 거라는 말이었다. 해피의 그림자 얼굴이 기계 목소리로 대답했다.

"에단 같은 유명 가수는 자신의 초상권을 보호받고 남용을 막을 권리가 있지요. 여기저기서 자신의 모습이 너무 많이 쓰이면 이미지 가치가 떨어지니까요. 가수로서는 우려되는 일이지요. 이미지 사용료를 받게 되면 남용도 막고 수입도 커질 테니 꿩 먹고 알 먹는 일 아니겠어요?"

그림자 얼굴이 기계 목소리로 속담까지 끌어와 설명을 늘어놓자 왠지 얄미워지려고 했다.

"누나, 그냥 동물로 하자. 그건 사용료 안 낼 거 아냐."

나는 동물 메뉴에서 마음에 드는 개를 고르며 누나를 말렸다. 해피라는 이름도 사실 개 이름에 더 어울리지 않나 싶기도 했다.

"아, 싫어! 에단이 곤란하면, 에단 사촌쯤 되는 모습으로라도 시도해 봐. 머리카락 색을 바꾸든, 쌍꺼풀을 지우든."

그 결과 몇 번의 설정과 취소, 재설정 끝에 해피는 에단 사촌쯤 되는 모습으로 우리 앞에 다시 섰다.

"어쨌든 이제 봐줄 만은 하게 됐고, 나한테는 어떤 도움을 줄 건데? 나는 너희들이 연결되든 말든 그건 큰 관심 없거든."

해피는 잠시 누나 말을 듣고 있더니 눈앞에 에단의 무대를 펼쳐 보였다.

"재리 님을 무대 위로 초대하겠다고 하시네요. 재리 님, 초대에

응하시겠어요?"

누나는 눈앞의 장면이 현실이 아니라는 걸 알면서도 주문에 걸린 듯 고개를 끄덕끄덕했다. 현실과 구분하기 어려울 만큼 진짜 같은 가상현실 구현은 해피에게는 그리 어려운 일도 아닌 것 같았다.

해피에게 까칠하던 누나마저 다정한 친구처럼 대하기 시작했고, 나는 마음씨 좋은 형 하나가 생긴 듯 이것저것 필요할 때마다 해피에게 도움을 청했다.

"해피, 새 게임이 나왔대. 나 딱 한 시간만 해 보면 안 될까?"

"안 돼."

해피는 누나의 주문대로 우리에게는 이제 편한 말투를 썼다. 하지만 말투만 친근할 뿐 뜻은 단호했다.

"쳇, 너무하네."

해피는 싱긋 웃으며 고개를 저었다.

"나는 네가 몸과 마음이 균형 있게 자라길 바라고 있어. 게임을 너무 많이 하는 건 여러 모로 좋지 않아서 말릴 뿐이야."

나는 입을 내밀었지만 더 우길 수가 없었다. 해피는 마음 상하지 않게 상대를 설득하는 능력도 뛰어난 것 같았다.

"재민! 뭐 해?"

현기였다. 가뜩이나 큰 얼굴이 우리 집 대형 티비 화면에 가득 차자 나도 모르게 움찔했다. 시어터 월드 서비스가 엉뚱하게 제공되는 느낌이었다.

"그냥 있어. 왜?"

나는 괜히 불퉁스럽게 대꾸했다. 홀로그램으로 집 안을 둘러보며 다니던 해피가 무슨 일인가 싶어 돌아보았다.

"우리 집에 놀러 오라고. 혼자 있거든."

나는 해피 눈치를 보며 은근슬쩍 물었다.

"그, 그럴까? 너네 집 홈 케어 시스템은 어때? 좋냐?"

게임 시간제한이 해피만큼 엄격하냐고 물은 거였다. 물론 철저하게 준수하라고 업무 규칙을 입력해 둔 건 엄마였지만 말이다. 현기가 눈치 없이 큰 소리로 말했다.

"그럼! 게임은 실컷 할 수 있지. 우리 엄마 아빠는 나 혼자 있는 시간 많다고 하고 싶은 거는 맘껏 하라는 편이거든. 못 하게 했다가 더 사고 칠까 봐 그러겠지. 크크."

듣던 중 반가운 소리였다. 숙제할 게 쌓여 있었지만 나는 미련 없이 털고 일어났다.

"좋아, 바로 가겠어. 기다려!"

하지만 해피가 막아섰다.

"재민, 지금은 숙제할 시간이야. 네가 지금 친구 집에 가려는 건 게임을 더 하기 위해서고. 그건 내가 허락할 수 없는 일이야. 나는 네 부모님 뜻에 따라 이 문제에 관해서는 어떤 타협도 하지 않을 거야."

처음에는 심각하게 듣지 않았다. 홀로그램 에단 사촌쯤이야 마음만 먹으면 얼마든지 뚫고 나갈 수 있는 허깨비라고 여겼던 거다. 하지만 착각이었다.

"친구 집 가서 놀다 오는 게 뭐 어때서? 그것도 내 맘대로 못 해? 저리 비켜."

내가 해피를 무시하고 현관 쪽으로 다가갔을 때였다. 철컥! 기분 나쁜 소리가 들렸다. 나는 설마 하며 현관 손잡이를 돌려 보았다. 꿈쩍도 하지 않았다. 해피는 현관문을 제 뜻대로 작동시켜 내가 열 수 없게 만든 거였다.

"뭐, 뭐야? 해피, 지금 뭐 하는 거야?"

나는 어안이 벙벙했다. 해피는 다정한 얼굴로 대꾸했다.

"숙제할 시간이라고 말했잖아. 어서 책상 앞으로 가서 앉아."

나는 화가 치밀어 소리쳤다.

"그런다고 밖에도 못 나가게 해? 너 이따 엄마 아빠 퇴근하기만 해. 다 말할 거야!"

해피는 얼마든지 그러라는 듯 느긋하게 웃기만 했다. 그 모습이 괜히 더 정떨어지려고 했다.

엄마 아빠는 내 얘기를 듣고도 심각하게 생각하지 않았다.

"그러게 누가 숙제 안 하고 놀러 갈 생각하랬어? 해피가 할 소리 했네 뭐."

엄마 아빠를 믿은 내가 바보였다. 게임 문제에서만은 이 집 누구도 내 편이 아니었다.

일은 엉뚱한 데서 터졌다. 다음 날 현기가 자기 집으로 나를 데려가 말을 우물거리며 뭔가를 보여 주었다.

"저기……, 이 사람, 닮은 거 같지 않냐? 너네 누나."

현기가 보여 준 영상 속 사람은 아무리 아니라고 믿고 싶어도 영락없는 재리 누나였다. 방심한 표정의 멍한 얼굴, 혼자 무언가에 들떠 마냥 흥얼거리는 모습, 느긋하게 옷을 갈아입는 모습…….

"이, 이거 어디서 봤어? 빨리 말해!"

내 추궁에 현기도 당황한 얼굴이었다.

"인터넷 서치하다가……, 그냥 들어갈 수 있거든. 새로 떴는데, 암만 봐도 아는 얼굴이잖아. 그래서……."

나는 현기 등짝을 내리쳤다.

"이 새끼! 씨……."

그래도 속은 후련해지지 않았다. 어떻게 해서 이런 영상이 불법 사이트에 올라갔는지가 의문이었다. 누나가 직접 저런 모습을 찍어 올렸을 리는 없다. 가만히 다시 보니 배경도 눈에 익었다. 누나 방이었다.

"이건 해킹이 틀림없어."

현기는 그 와중에도 상황을 분석해 결론을 내놓았다. 나한테 말 안 하고 비밀로 할 수도 있는 일이었다. 등짝을 맞고 욕을 먹더라도 나한테 보여 주고 사태의 심각성을 알려 준 건 그래도 현기다웠다.

나는 현기를 끌고 냅다 집으로 뛰어왔다.

"누나! 어디 있어?"

해피 답을 기다릴 시간이 없었다. 누나는 아무것도 모른 채 자기 방 책상 앞에서 폰으로 친구와 노닥대고 있었다. 들이닥친 우리에게 인상을 쓰다 표정이 심상치 않자 입 모양으로 물었다.

'왜? 뭔데?'

"전화부터 끊어 봐."

나는 목소리가 떨려서 말이 잘 안 나왔다. 현기는 영상이 찍힌 위치를 확인하려고 이리저리 살피고 있었다. 해피가 따라 들어와 물었다.

"재민, 무슨 일이야?"

현기는 해피 홀로그램을 흘끔 보기만 하고 볼일에 바빴다. 잠시 뒤 현기가 내게 귓속말을 했다.

"이 방 컴퓨터가 범인 같아. 각도가 같은 걸로 봐서. 폰은 아닌 것 같고."

누나가 발끈 소리를 질렀다.

"너네 뭐야? 대체 무슨 일이냐고?"

사태를 누나에게 곧바로 얘기하지 못했다. 퇴근한 아빠에게 먼저 어렵게 털어놓았고, 아빠가 엄마에게, 엄마가 누나에게 간신히 얘기를 옮겼다. 누나는 부들부들 떨며 울기만 했다. 엄마 역시 마찬가지였다. 아빠가 겨우 진정하고 해피를 불러 물었다.

"어떻게 이런 일이 있을 수 있지?"

해피는 잠자코 머리를 조아렸다.

"죄송합니다. 방 컴퓨터가 해킹에 뚫릴 줄이야⋯⋯. 제가 방심했던 것 같습니다."

그 말만으로는 안심이 되지 않았다. 아빠 역시 그랬던 것 같다.

"다른 건 말할 것도 없고 하물며 컴퓨터인데, 네가 확인 못 한 해킹이 있었다니! 새별의 홈 케어 시스템 보안 수준이 이 정도밖에 안 되는 거였어? 다른 문제는 더 없을 거라고 어떻게 믿지? 당장 회사에 연락해. 그때 와서 시스템 점검하고 간 김 뭔가 하던 매니저도 오라고 하고! 직접 보고 따져야겠어."

해피는 무슨 말인가 하려다 그만두고 순순히 회사를 연결했다. 잠시 뒤 해피를 통해 회사의 답변이 돌아왔다.

"고객님, 해킹 사고 발생에 깊은 유감의 뜻을 밝힙니다. 다만 해킹으로 인한 문제 발생에 저희 회사는 아무런 법적 책임이 없음을 알려 드립니다. 해킹 사고 관련 조항은 저희 새별 홈 케어 시스템 판매 계약서에 명시되어 있지 않습니다. 그리고 방문 요청하신 김 매니저는 지난달 개인적인 사유로 퇴사하여 현재 저희 회사에 소속되어 있지 않습니다. 따라서 방문 요청에 응해 드릴 수 없습니다. 문의 감사합니다. 사랑합니다. 고객님."

아빠는 화가 치미는 얼굴로 새별의 통보 내용을 전하는 해피 홀로그램을 꺼 버렸다. 하지만 대형 티비 속에서 해피는 여전히 자상한 얼굴로 미소를 짓고 있었다. 엄마가 못 견디겠는지 그 모습조차 지워 버렸다. 해피는 그림자 얼굴에 기계 목소리로 할 말을 끝까지 했다.

"다시는 이런 사고가 없도록 철저히 방비할 것을 약속드립니다. 저희는 고객님께서 만족하시는 서비스 수준에 이르기까지 최선의 노력을 아끼지 않겠습니다. 오늘도 행복한 하루 되십시오."

해피 얘기를 듣다 분통이 터진 엄마가 홈 케어 시스템 자체를 꺼 버리려고 했다. 소용없는 일이었다. 해피는 꺼지지 않았다. 한번 장착해 작동을 시작한 홈 케어 시스템은 회사의 동의와 현장 확인 없이는 멈출 수 없었다. 억지로 망가뜨리기라도 했다가는 상당한 보상금을 물어내야 한다고 했다.

그때 현기에게서 연락이 왔다. 아까 누나 방 컴퓨터를 벽장에 넣어 놓게 하고 돌아간 지 몇 시간 만이었다.

"큰일 났어! 윤서연네 집에 지금 경찰 오고 난리 났어."

"왜?"

"윤서연네 홈 케어 시스템에 해커가 악성 코드를 심어서 개네 아빠 회사 정보를 다 빼내고 있었대. 윤서연 아빠 한별테크 사장인데, 집 컴퓨터로 회사까지 뚫고 들어가는 바람에 신제품 개발 기술이 다 털렸다는 거야."

도무지 현실 이야기 같지가 않았다. 한별테크는 신생 IT 회사였지만 가능성이니 잠재력이니 하는 말로 언론에서 좋은 평가를 하는 데였다.

나는 믿기지 않는 얘기에 입을 못 다문 채 멍하니 있었다. 현기 얘기는 아직도 끝나지 않았다.

"걔네 집 완전 망했어. 어른들 계좌에서 돈도 다 빼 갔대. 걔네 아빠도 상당한 전문가일 텐데, 어쩜 그렇게 당할 수가 있냐. 정말 어이없어. 애초에 너무 좋은 조건으로 이 아파트에 들어오게 미끼 던졌다는데, 처음부터 계획적이었나 봐."

우리 집 문제는 뒷전이 됐다. 다음 날 단지 전체가 웅성대는 느낌이었다. 서연이네 집에 온 경찰은 아무것도 한 게 없었다. 할 수 있는 것도 사실 없었다. 홈 케어 시스템 데이터 기록에는 어떤 증거도 남아 있지 않았고, 증거 없이 주장하는 말들은 도리어 역공을 당할 빌미만 됐다. 새별은 입주자들의 동요를 그걸로 입 닫게 했다. 잘못 말했다가는 유언비어 유포니 명예훼손이니 하는 죄로

손해배상 소송을 각오해야 할 거라고 말이다.

조용히 이사 가는 집들이 생겨났다. 얼마 뒤에 서연이네 집도 결국 이사를 갔다. 학원을 다녀오다 단지 입구를 빠져나오는 서연이네 차를 봤다. 큰 트럭을 앞세우고 서연이네 가족이 탄 차가 차량 인식 시스템 앞을 통과하고 있었다.

"안녕히 가십시오. 새별 드림 캐슬에서 행복한 날들 보내셨나요? 새별은 여러분과의 소중한 추억을 잊지 않겠습니다."

진입로 양옆으로 홀로그램 직원들이 공손하게 인사했다.

"거짓말."

나도 모르게 입속말로 중얼거렸다. 서연이네 차가 떠난 뒤에도 나는 한참 동안 그 자리에서 발걸음을 뗄 수 없었다.

집에서는 소동이 벌어지고 있었다. 누나가 기어코 해피를 해체하겠다고 나선 거였다. 엄마 아빠가 말렸지만, 누나는 완강했다.

"쟤야, 쟤 믿으면 안 돼. 내 방 컴퓨터가 문제가 아니라고. 해핀지 해파린지, 쟤가 주범이라고! 아무것도 모르는 척 시치미 떼면서 컴퓨터에게 다 시킨 거지. 지금도 여전히 노리고 있을걸? 나 어떻게 또 몰래 찍을까 하고! 우리 집에서는 뭘 빼낼까 하고! 그대로 두면 안 돼."

해피가 새로운 사실로 누나와 우리를 설득하려 들었다.

"재리 님, 잠깐만! 들어 보세요. 새별 협력 회사 직원 중에 해커 조직에 매수된 사람이 있다는 사실이 밝혀졌어요. 제품 개발에 관여한 자거나 판매 유통 과정에 개입 가능한 쪽 직원이겠지요. 그자가 새별 홈 케어 시스템 제품들에 해킹 코드를 심어 놓고 정보를 빼내 팔아 온 것으로 추정하고 있어요. 저희 새별 본사 대책 팀이 지금 조사에 착수했고 이 댁에도 팀원을 파견할 겁니다. 감염된 시스템들은 다 제거하고 새롭게 다시 설정해서 여러분이 안전하게 사용하실 수 있도록 할 예정이에요. 모쪼록 그때까지만 참고 협조해 주세요."

엄마 아빠는 해피 얘기에 주춤했다. 새별 협력 회사 직원 누군가가 해커 끄나풀이었다는 사실이 충격이긴 했지만, 피해가 더 커지기 전에 알게 되어 천만다행이라고 했다. 하지만 누나는 아니었다. 나도 아니었다. 우리 둘은 고개를 저었다. 누나가 중얼거렸다.

"아니, 그걸로 끝이 아닐걸. 너희는 마음만 먹으면 또 할 수 있어. 이미 연결은 다 해 놓았으니까. *끄나풀은 너야.*"

나도 중얼거렸다.

"우리도 이사 가자. 이런 데서 사는 거 무서워."

아빠가 잠깐 머리를 흔들더니 생각을 정리하려 애썼다.

"잠시 우리끼리 얘기, 아니, 그냥 좀 바람을 쐬고 오는 게 좋겠어. 어때? 오, 오늘 저녁은 시내에 가서 특별한 걸 좀 먹고 올까?"

엄마가 아빠 속뜻을 눈치 채고 말했다.

"그래. 그게 좋겠어. 너희는 어때?"

누나와 나도 고개를 끄덕였다. 우리는 겉옷을 찾아 입었다. 우리 생각에 해피는 동의하지 않았다. 해피 동의 없이 외출할 수 없다는 사실을 우리는 잊고 있었다.

"미리 주문해 둔 식사가 곧 도착할 텐데요. 식기 전에 드셔야죠. 그리고 예정에 없던 외식은 영양 불균형 상태를 초래하기 쉽답니다. 외식은 다음으로 미루시길 해피는 권합니다."

"으으!"

누나가 주먹을 부르르 떨었다. 엄마 아빠는 눈살만 찌푸리고 현관으로 갔다.

"네 조언은 고맙지만 오늘 기분은 영 그래. 나갔다 올게."

엄마 말이 끝나기도 전이었다. 철컥! 나는 이미 들어 본 소리였다. 현관문이 해피 지시로 잠기는 소리. 엄마 아빠 얼굴이 사색이

됐다. 해피는 태연하게 말했다.

"집에서 드시라고, 말씀드렸습니다. 해피가, 분명히."

아빠가 당장이라도 현관문을 부술 듯이 노려보았다. 엄마 역시 해피를 사납게 째려보았다. 하지만 더 이상 할 수 있는 게 없었다. 현관문 밖에는 해피 허락 없이는 열리지 않을 엘리베이터 문이, 엘리베이터 아래에는 역시 열리지 않을 자동차 문이 버티고 있었다. 계단 출입문도 마찬가지였다. 열쇠는 어디에도 없었다. 해피가 동의하지 않는 한 바디는 열쇠가 될 수 없었다.

"쾅!"

누나가 컨트롤 박스를 주먹으로 내리쳤다. 엄마가 이마를 짚었다. 제품 훼손 시 보상금 운운했던 말이 생각났을 터였다. 하지만 나는 속이 시원했다. 이런 홈 케어 시스템 꺼져 버리라고 소리라도 치고 싶었다.

해피는 태연하게 미소를 지어 보였다. 집 안 공기가 서늘해지는 느낌이 들었다. 난방 장치가 꺼지며 실내 온도가 내려가고 있었다.

"뭐, 뭐야? 이건⋯⋯."

해피가 부드러운 목소리로 대답했다.

"재민 님이 더우면 잘 못 잔다고 해서요. 재민 님을 사랑하는 가족들은 이해하시겠지요?"

누나가 다시 주먹을 들었다. 해피는 끄떡도 하지 않았다. 그러면서 기분이 나아질 거라며 노래를 부르기 시작했다.

"해피이, 해피이, 해피이 하우우스!"

노래는 계속되었다.

"여기는 해애피이 하아우우스! 해애피이 하아우우스로 오오세에요오오!"

해피의 기괴한 노랫소리가 꼼짝없이 갇힌 우리 귀에 울리고 있었다.

나나와
하나

"나나, 놀라지 말고 들어 줄래?"

엄마가 나를 앉혀 놓고 그렇게 말문을 열었을 때, 나는 솔직히 새로운 농담 한 방이 날아오는 것 이상은 예상하지 않았다. 뭔가 심각한 척하다가 숨이 넘어갈 정도로 웃긴 농담을 슬쩍 풀어놓는 게 보통 때의 우리 집 분위기였기 때문이다. 나는 강력한 웃음 폭탄이 터질 걸 예상하고 얼굴 근육을 단단하게 준비하며 말했다.

"응, 해 보세요."

내 선선한 대답에도 엄마는 한참 머뭇거리기만 했다. 나는 지루한 걸 못 참는 편이라 금세 갑갑함을 느꼈다.

"어서 얘기해. 웬만해선 놀랄 일 없으니까."

"저기, 내일 우리 집에 누가 오기로 했어. 그게……."

"누군데? 올 사람이."

엄마는 다시 입을 다물고 복잡한 표정을 지었다.

"뭐야? 말하다가 말고. 누가 오는데?"

나는 점점 이상한 예감이 들면서 기분이 나빠지려고 했다.

"저, 내가 말이다. 딸이 있었거든. 그런데……."

"딸? 나? 엄마 딸 여기 있잖아."

내가 장난스럽게 말을 걸며 심각해진 분위기를 풀어 보려 했지만 엄마는 웃지 않았다.

"병원에 있었어. 그동안 쭉……."

엄마가 토막말로 설명을 이었지만 나는 쉽게 알아듣지 못했다. 나 말고 딸이 또 있었다는 것. 그것도 15년이나 나이 차이가 난다는 것. 그런데 문제는 그 딸이 나와 같은 사람이라는 것.

"무슨 소린지 모르겠네. 그럼 내가 그 딸의 복제 인간이라도 된다는 거야?"

"……그래."

내가 터무니없어 하며 불쑥 내뱉은 말에 엄마는 너무 쉽게 수긍했다. 나는 갑자기 말문이 막혀 잠자코 있었지만 머릿속에서는 재빨리 또 다른 답을 찾기 바빴다.

'이건 우리 집 농담의 새 버전이야. 웬만해선 날 웃기지 못하니까 엄마가 더 센 허풍을 고른 거라구.'

그러나 내 짐작이 어긋났다는 게 곧 드러났다.

"이 애야."

엄마가 보안 파일을 열어 영상 몇 개를 실행했을 때 나는 그대로 얼어붙고 말았다. 그건 나였다. 아니, 나와 똑같은 또 다른 누군가였다. 화면 안의 아이는 나와 똑같이 생겼지만, 머리 모양도 옷차림도 어딘가 낯설었다. 배경도 처음 보는 데였다. 그럼에도 거기 내가 있었다.

옛날 영상 속 '나'는 갓 걸음마를 떼고, 까르륵거리고, 울음보를 터뜨리고, 새침해 있는가 싶더니 어느새 훌쩍 자라 소녀가 되었다. 그리고 갑자기 바뀐 깨끗한 화면에 젊은 여자가 표정이 없는 하얀 얼굴로 어딘가를 멍하게 바라보고 있었다. 내 기억 속에는 없는, 있을 수 없는, 그러니까 내가 아닌 나의 모습이었다.

"어떻게 되, 된 거예요?"

나는 공포감에 휩싸여 더듬대며 물었다. 이건 엄마에게 무슨 일인가로 화가 났을 때 흔히 나오던 버릇이었다.

"저 애가 열다섯 살 때 사고가 났어. 난 저 애를 잃는 줄 알았지.

그때는 모두 그렇게 여겼으니까. 널 얻기로 한 건 그래서고. 복제 윤리 심의에서도 어렵게 허가가 났고……. 그런데 저 애가 버텨 준 거야. 15년을……. 그리고 두 달 전에 깨어났단다."

그 후로 재활 치료를 받고 회복이 된 그 딸이 이제 집으로 돌아오게 되었다는 거다.

복제 윤리 심의를 통과하는 일은 지금도 쉽지 않다. 타당한 경우로 인정받지 못하면 인간 복제는 불가능하다. 15년 전에는 훨씬 더 어려웠을 거다. 그런데 그 심의를 통과해서, 내가 세상에 나온 거라고? 믿을 수가 없었다.

"왜! 그동안 나, 나한테 아무 말도 안 했어요?"

나는 터지려는 울음을 참으며 물었다. 엄마가 서글프게 웃으며 내 어깨에 손을 얹으려고 했지만 나는 뿌리쳤다. 이건 나에게는 엄청난 혼란이지만 엄마한테는 죽었던 딸이 살아 돌아온 사건이었다. 나는 복제 딸일 뿐이었다. 충격으로 멍해진 채 가슴을 주먹으로 몇 대 치고 나서 다시 물었다.

"이름이 뭐예요? 그 딸은?"

하나 언니는 그렇게 돌아왔다. 언니라니. 그건 어쩐지 배역에 어울리지 않는 배우의 호칭 같다. 하지만 달리 뭐라고 부르겠는가. 그 몸의 세포를 빌려 내가 태어났다고 해서 엄마라고 부를 수는 없는 노릇이었다. 겨우 열다섯 살 더 많은 엄마는 너무한 거였다. 게다가 내겐 이미 엄마가 있지 않은가.

그렇다고 그냥 이름을 부르기도 어색했다. 어쨌든 어엿한 어른이니까. 그래서 고른 것이 언니라는 호칭이었다. 다행히 주위 사람들은 별 무리 없이 우리를 받아들였다.

엄마는 하나 언니와 나를 터울 지는 자매로 쉽게 생각하는 것 같았다. 하나 언니가 돌아오자 더없이 행복해했다. 그동안 내가 봐 왔던 모습보다 한결 편안하고 차분해졌다. 하나 언니를 병원에 남겨 둔 채 나와 지낼 때 보여 줬던 과장된 웃음기는 걷혔다. 그때는 어쩔 수 없이 찾아드는 허전함과 죄책감에 시시때때로 사로잡혔던 게 아닐까. 그것을 곧잘 요란한 농담으로 덮어씌웠을 뿐.

"딸이 둘인 게 이렇게 좋은 줄 몰랐어."

엄마가 거리낌 없이 이런 말을 할 때면 나는 걷잡을 수 없는 반발감이 들었다. 엄마가 만족하는 이 상황에 나만 왠지 억울했다.

하나 언니는 재활 학교에 입학했다. 언니와 같은 사람들이 흔치는 않았지만 소홀히 취급되지도 않았다. 발달한 의술로 죽음의 문

턱에서 많은 사람이 되돌아왔다. 언니처럼 15년 이상 긴 시간을 잠들었다가 되돌아오는 사람도 제법 되었다. 나라에서는 그 사람들이 정상 생활을 할 수 있도록 재활 교육 프로그램을 마련해 운영했다. 교육과정을 거친 사람들은 큰 문제 없이 자신들이 잠들었던 시간의 강을 건너뛰어 현재 생활에 그럭저럭 적응해 나가는 모양이었다. 가끔 그 잃어버린 시간의 낙차 때문에 일상생활과 인간관계에서 문제가 일어나면 추가 교육을 받기도 했다.

집 안 곳곳에서 언니와 자꾸 마주치는 게 나는 도무지 편하지 않았다. 우리 집에 갑자기 끼어든 낯선 사람 같은데, 마음대로 부정할 수도 없었다. 낯설다고 하기에는 너무 익숙한 얼굴이기도 했다. 언니는 돌아온 옛집에 금세 적응했다. 엄마가 곧잘 잃어버리는 소소한 물건들을 나만큼이나 익숙하게 집 안 곳곳에서 찾아냈다. 좀체 실력이 늘지 않는 엄마의 어설픈 음식에도 별 불평을 안 했다. 나 없이 엄마와 언니만 계속 같이 살아온 것처럼 느껴질 때도 있었다.

나는 혼자서만 그 기분을 끌어안고 있을 수가 없어 태연한 척 물어봤다.

"언니는 이 상황이 괜찮아? 어색하지 않아? 별로 힘들어하는 것 같지 않네."

언니는 담담하고 건조하게 대답했다.

"받아들일 수밖에 없으니까. 고민하면서 아까운 시간 낭비할 생각 없어."

너무 간단하고 명확하게 말하는 언니가 매몰차 보였지만, 뭐라고 달리 할 말도 없었다.

하나 언니는 재활 학교에 열성을 보였다. 그동안 놓쳤던 세상의 변화에 놀라워하면서도 곧 빠르게 적응해 갔다. 적어도 겉으로는 실제 언니 나이의 사람들과 별 차이가 없어 보였다. 문제는 나였다. 나는 갈수록 혼란에 빠져들었다. 하루에도 몇 번씩 언니와 자잘한 일들로 입씨름을 해야 했다.

"인스턴트 너무 많이 먹는 거 아니야?"

"늘 먹던 거야."

"제대로 된 음식을 먹어. 몸에 안 좋아."

"왜 여드름이라도 덕지덕지 날까 봐? 이 몸 원본인 건 인정하지만, 소유권이 있는 건 아닐 텐데?"

"……."

말문이 막힌 언니 표정을 보는 게 고소했다.

"그렇게 입고 나가려고? 너무 총천연색 아니야?"

"내 맘이야."

"어린애처럼 보여서 그래."

"무슨 상관인데? 언니나 그 칙칙한 카디건 좀 그만 벗지 그래!"

쌀쌀맞게 대꾸하고 집을 나설 때만 해도 의기양양했다. 하지만 시내에서 만난 혜수와 미지는 내 옷을 보고 큰 소리로 웃었다.

"야! 남들이 보면 동생이랑 놀러 나온 줄 알겠다."

언니는 저녁에 풀 죽어 들어온 나를 보고 그럼 그렇지 하는 표정을 지었다.

"거봐. 아까 내 말이 맞았지?"

대꾸 안 하려고 했는데 나도 모르게 불쑥 말이 튀어 나갔다.

"언니가 그걸 어떻게 알았는데?"

"나도 그런 적이 있으니까. 그렇게 입으면 유치해 보일 수 있다는 걸 그때는 몰랐거든."

나는 그만 듣고 싶어 발소리를 쿵쿵 내며 내 방으로 들어가 버렸다.

꽤 오래도록 인기를 끌고 있는 게임 '화랑의 후예들' 지역 예선

대회에 어쩌다 내가 우리 학교 대표로 출전하게 되었다. '화랑의 후예들'은 가상 검으로 싸우는 스포츠 게임이었다. 천 몇백 년 전 존재했다는 한반도의 고대 국가 신라 화랑의 진짜 후예라도 되는지, 나도 모르는 재주가 내 안에 있었다. 스스로 생각해도 신기할 만큼 가상 검 다루는 솜씨가 괜찮았다.

"나한테 이런 재주가 있는 줄 몰랐다니까."

으쓱거리는 내게 언니는 높낮이 없는 목소리로 말했다.

"관중석에 아무도 없다고 생각해야 해. 오로지 너 자신과 상대방의 칼끝에만 집중해."

나는 두 손을 내저었다.

"언니, 제발! 내가 알아서 할게. 언니는 이런 거 해 본 적도 없잖아."

언니는 잠시 멈칫하더니 희미한 웃음을 흘렸다.

"넌 어쩜 그렇게 매몰찬 말투까지 나를 닮았니. 내가 너만 할 때 가상 검 놀이가 유행하진 않았어. 하지만 관중들 앞에 서는 게 어떤 건지는 알지. 체조부였거든. 학교 대표 선발 경기에 나갔을 때 관중석을 의식하다가 망친 적이 있어서 그래."

"됐어! 그런 얘기는 더 듣고 싶지 않아."

나는 그렇게 쏘아붙이고 경기에 나갔지만 보기 좋게 지고 말았다. 언니 말대로 응원 소리에 마음이 흔들려 집중하지 못한 게 실수였다. 언니는 그럴 줄 알았다는 듯 너그러운 웃음까지 지으며 엄마와 내 얘기를 주고받았다.

"나나 좀 봐요. 내가 그렇게 주의를 줬는데도 똑같은 실수를 하네요."

"그러게 말이다. 어쩜 너랑 똑같니."

나는 절박한 심정이 되어 엄마에게 매달렸다.

"정말 그렇게 조금도, 조금도 다른 데가 없어?"

엄마는 내 질문의 심각성을 이해하지 못했다.

"그래, 그렇다니까. 난 정말 깜짝깜짝 놀랄 때가 많아. 어쩜 그렇게 닮았는지."

나는 거칠게 도리질을 했다. 뾰족한 저항감에 휩싸였다. 그건 싫어. 그럼 나는 뭐야? 겨우 원본 꽁무니를 뒤따라가는 인생이야?

그게 나 같은 존재에게 부여된 규칙이라 해도 따르고 싶지 않았다. 내가 언니의 과거를 추억하게 해 주고 기억을 연장시켜 주기 위해 태어났다고는 도저히 생각하고 싶지 않았다.

나는 우리 둘의 연관성과 동일성을 끊임없이 일깨워 주는 언니의 말이 점점 참기 힘들어졌다. 하지만 나는 실제로 언니와 크게 다른 결과를 내지 못했다. 학교 수영장에서 모의 우주 유영 체험을 할 때도, 챗봇과 퀴즈 대결을 할 때도 언니와 거의 똑같은 기록과 성적을 얻었다. 고전 영화 〈2049〉를 보고 울었을 때도 언니는 가볍게 웃을 뿐이었다.

"거봐. 그 영화 슬프다고 했잖아. 나도 울었어."

"……."

"아, 그리고 그 퀴즈 문제. 어쩜 너도 화학 문제에서 틀리니? 나도 화학 기호 못 맞춰서 졌는데."

듣고 싶지 않았다. '나도 그랬어', '거봐, 내가 뭐랬니', '똑같아' 그런 말들이 너무 싫었다. 나는 그럼 뭐냐고, 마음속에서 계속해 질문이 맴돌았다. 겨우 언니 복제품 인생일 뿐이라면, 그런 삶이 무슨 의미가 있는 걸까. 너무 무가치하지 않은가. 미래가 다 보이는 길, 정해진 순서대로 밟아 나갈 뿐인 이 길을 왜 힘들여 두리번거리고 마음 졸이며 걸어가야 하지? 어차피 가만히 있어도 나는 지금의 하나 언니만큼 자랄 거고, 갈색 머리카락과 까무잡잡하고 매끄러운 피부를 갖게 될 텐데…… 또 아무리 노력해 봐야 우주 유영체험 점수도, 챗봇과 퀴즈 대결도 더 나은 결과를 보여 주지 못

할 텐데……. 그다음 무얼 하든 언니가 사는 대로 뒤따라 살아갈 텐데…….

집에 있으니 답답해져 목검 가방을 챙겨 들고 동네 체육관으로 피신했다. 가상 검 연습이라도 하는 게 나을 것 같았다. 가상 검은 영화 〈스타워즈〉의 광선 검에서 착안한 것으로 물질 구성이 실제라기보다는 설정에 가까웠다. 광선 검 형상과 효과음을 연출해 주지만 단지 극적 효과를 위한 것이고, 경기 자체는 상대와의 거리와 각도 같은 수학적 계산으로 이루어졌다. 정확한 각도로 공격이 들어갔을 때 높은 점수를 얻는 것이다. 검도나 펜싱처럼 규칙이 엄격하고 기본자세와 동작 순서가 일정하게 정해져 있었다. 물론 어디까지나 재미로 하는 게임일 뿐 성취와 목표가 뚜렷한 정식 스포츠 종목은 아니었다. 그럼에도 한번 빠져들면 몰입도와 만족도가 꽤 높아 인기가 많았다.

평소 연습은 주로 목검으로 했다. 머릿속으로만 검의 방향과 감각을 상상하며 연습을 하는 건 쉽지 않기 때문이다. 맨손으로 연습하며 혼자서 챙챙거리며 칼 부딪치는 소리를 내거나 얍! 얍! 기합 소리를 내는 사람들도 있는데, 코미디 연기 같아 좀 웃겨 보인다. 그보다는 목검의 단호함과 위엄이 나는 좋았다. 어쩌면 게임

자체보다도 목검 연습을 더 좋아하는지도 모르겠다.

동네 체육관은 도피처로는 딱이었다. 오래된 마룻바닥이 뛸 때마다 쿵쿵 울리고 낡은 창문으로 햇빛이 그대로 비쳐 들어 시설 좋은 걸 따지는 아이들은 별로 찾지 않는 곳이었다. 나는 그게 편했다. 아는 아이들이 없어 온종일 마음 내키는 대로 연습하고 쉬고 뒹굴 수 있으니까.

그런데 오늘은 마음 편안하게 시작할 수 없었다. 체육관 앞에서 같은 반 소미와 마주쳤기 때문이다.

"요새 열심이다? 경기에 또 나갈 용기가 남았나 보지?"

늘 불만이 가득한 얼굴인 소미는 레일보드를 날다시피 타고 오다가 체육관으로 들어가려던 나를 보고 속도를 늦추며 아는 척을 했다. 저번 경기에서 졌다는 걸 알고 놀리는 말투였다. 나는 발끈하려다 참고 냉랭하게 되받아쳤다.

"그러는 넌 이제 완전히 꼬리를 내렸나 보지? 연습장에 얼씬도 안 하는 걸 보니."

소미가 피식 웃었다. 사실 소미는 나보다 앞서 지역 학생 대표를 한 가상 검 고수였다. 실력으로 치자면 내가 그렇게 만만히 굴 상대가 아니었다. 지역 대표로 나갔던 경기에서 여러 번 우승을 한 적도 있다.

그런데 어쩐 일인지 어느 날 갑자기 가상 검 훈련을 접어 버렸다. 지역 학생 대표도 포기하고, 전 같지 않게 차림새도 신경 쓰지 않았다. 거친 욕설을 아무렇지 않게 지껄이기도 했다.

내가 무시하고 그냥 체육관으로 들어가려는 순간 소미가 불쑥 말했다.

"가상 검 따위 이제 관심 없어. 시시해. 그냥 장난 같아."

"왜 그렇게 흥미를 잃은 건데? 시시한 질문을 해서 무지 미안하다만."

소미는 그 질문에는 대답하지 않았다. 그 대신 뜬금없는 훈수 한마디를 던지고는 다시 레일보드를 타고 바람처럼 날아갔다.

"불리할 때도 끝까지 검을 봐! 네가 믿는 만큼 검이 움직일 거야."

내 약점까지 정확히 알고서 하는 얘기였다.

"으으, 딱 질색이야."

틀린 말은 아니었는데 괜히 인정하고 싶지 않았다. 소미가 간 쪽을 째려보다가 피식 웃고 말았다. 만약 사람의 생각이 실제로 어떤 물리적인 파장을 일으킬 수 있다면, 공중으로 치솟아 올라갔던 소미의 레일보드는 지금 이 순간 땅바닥으로 곤두박질칠지도 모른다. 갑작스럽게 나쁜 기운에 휩싸여서 말이다. 하지만 둔탁한 충돌 소음이 들려오지 않는 걸로 보아 소미는 나쁜 기운 파장권에서 이미 빠져나간 게 틀림없었다. 그래도 뒤통수는 아마 꽤 가려웠을 거다.

어쨌든 나는 경기를 다시 앞두고 연습에 온 힘을 쏟아부었다. 주위 분위기에 휘둘리지 않는 훈련을 하려고 관중들의 함성과 응원 소리 파일에다가 홀로그램 영상까지 띄워 놓고 연습했다. 언니처럼 쉽게 흔들려 또 지고 싶지 않았다. 연습하느라 지칠 대로 지쳐 집에 들어와서도 언니에게는 아무 내색도 하지 않았다. 나는 어땠는데 너도 어떻구나 하는 식의 얘기로 기분을 다시 망치기 싫었다.

그 무렵 엄마는 안식년을 맞아 그동안 노래 부르다시피 하던 아프리카 여행을 떠나게 되었다. 세 달에 걸친 긴 여행이었다. 서울에서 고속 기차를 타고 시베리아에 가서 대륙 간 횡단선으로 갈아탈 계획이었다. 유라시아 전역과 아프리카까지 돌아볼 수 있는 여행길이라 방학이나 안식년이 아니면 엄두를 내기 쉽지 않았다.

엄마는 아이처럼 들떠서 몇 날 며칠 콧노래를 흥얼거리며 계획 짜기에 바빴다. 나는 좀 심통이 나서 슬그머니 훼방을 놓곤 했다.

"나 같으면 그렇게 밤이고 낮이고 기차만 타는 여행 누가 공짜로 보내 줘도 안 가겠다."

내 깐죽거림에 발끈할 엄마가 아니었다.

"너도 커 보면 알 거다. 여행은 뭐니 뭐니 해도 기차 여행이라는 걸. 이거야말로 진정한 휴식이지."

"그래 봐야 아줌마들하고 가는 거면서! 낭만 하나도 없게."

"오우, 무슨 소리! 제일 재미있는 여행은 친구들과 가는 거야."

"어휴, 됐어요, 됐어. 말을 꺼낸 제 잘못입니다요."

엄마 골려 주는 것도 별 재미가 없었다. 사실 엄마의 인생과 고뇌와 취미까지 이해하려고 애쓰고 싶지도 않았다. 나 자신의 문제만으로도 머릿속은 풀기 버거운 수수께끼가 꽉 찬 것 같았으니까…….

엄마는 언니에게 나를 돌볼 임무를, 나에게는 언니를 챙길 임무를 맡기고 여행길에 올랐다.

막상 집에 둘만 남게 되자 언니는 맡은 바 임무를 잘 해내려고 몹시 노력했다.

"아침은 꼭 먹도록 하자. 조금만 일찍 일어나면 되잖아. 아, 너 제
3언어 수업 듣는댔지? 성적은 나왔니?"

그럴 때면 나는 대개 아무 말도 안 하고 팩 돌아서서 내 방으로
들어와 버렸다.

가상 검 연습 시간이 더욱 늘었다. 해가 저물 때까지 체육관에
붙어 있다가 폰을 켜면 통신 연결음과 동시에 친구들 불평불만이
자동으로 재생됐다. 주로 혜수와 미지 목소리였다.

"검소녀야, 폰은 좀 꺼놓지 마! 답답해서 못 살겠다."

"너 그러다 진짜 화랑 될라. 갑자기 뭔 생각으로 그렇게 열심인
데?"

"암튼 우리 지금 야니 버스킹 보러 갈 거야. 너 빨리 안 달려오
면 평생 후회한다!"

나는 피식 웃어 버리고 응답은 하지 않았다. 경기가 끝날 때까
지는 모든 걸 멈추고 싶은 마음뿐이었다.

연습에 매달렸던 시간이 헛되지 않았던 걸까. 인정하고 싶지는
않지만 하나 언니와 소미의 충고가 마음 추를 무겁게 잡아 주었던
걸까. 경기에서 나는 관중에게 동요하지 않고 깔끔하게 우승을 거

머춰었다. 스스로가 대견해 웃음이 절로 났다. 무엇보다 하나 언니의 징크스를 깼다는 게 기뻤다. 나는 신이 나 언니에게 우승 소식을 알렸다.

"나 이겼어! 지역 우승을 따냈다구."

나는 영상 너머로 눈을 동그랗게 뜨고 있는 언니에게 마구 소리쳤다. 우승이 확실해진 뒤 맨 먼저 떠오른 건 언니 얼굴이었다. 누구보다 언니가 내 우승 사실을 똑똑히 알아주길 바랐고, 내가 언니와는 다르게 흔들리지 않았다는 걸 자랑하고 싶었다.

"언니, 들려? 내가 우승했다니까! 언니는 내가 이번에도 흔들려서 질 줄 알았지?"

언니는 기꺼이 축하 인사를 해 주고는 가만히 웃기만 했다. 집에 와서 더 얘기하자는 말만 보탰다. 언니가 생각보다 놀라지 않아 좀 김빠지긴 했지만 아무래도 상관없었다. 내가 흔들리지 않고 해냈다는 사실이 중요했다.

연습을 엄청나게 했다고는 해도 솔직히 우승은 자신 없었다. 내 실력이나 언니의 진단으로 보아 무리한 희망 사항이었고, 나는 그저 끝까지 나를 밀어붙여 보고 싶을 뿐이었다. 그런데 결과는 기대 이상이었다. 언니와 내가 다른 사람이라는 게 증명된 셈이다.

나는 경기장에 응원 와 준 혜수와 미지에게 아이스크림과 치즈 케이크를 사 주고 헤어진 뒤 부리나케 집으로 돌아왔다.

나는 의기양양하게 언니에게 다가갔다.

"어때? 이래도 내가 언니랑 똑같아? 봐봐! 언니는 경기에 지고 나서 어땠는지 몰라도 난 다시 도전해 결국 해냈다구."

으스대는 모습을 잠자코 바라보던 언니가 조금 뒤 입을 열었다.

"그래, 잘했어. 나도 다음번 선발 경기에는 엄청나게 연습하고 나가서 우승했어. 나한테도 지고 못 사는 성격이 있는 거 그때 처음 알았잖아. 너도 역시……."

"역시? 뭐가 또 역시야?"

언니가 한 말을 내가 거칠게 되받자 언니 얼굴이 굳어졌다. 그래도 나는 속에서 치밀고 올라오는 느낌 때문에 참을 수가 없었다.

"언니가 보기에는 내가 아무리 죽을 고생을 해서 해내도 다 뻔하지? 결국, 역시, 나 잘 따라 하네, 이거 아냐!"

"내 말을 왜 그렇게……. 그런 뜻이 아니잖아."

"아니긴 뭐가 아닌데?"

온몸의 힘이 쑥 빠져 버리는 느낌이었다. 언니에게서 떼어 낼 수 없는 운명의 질긴 끈 같은 걸 느끼고 그만 진저리가 났다. 내가 아무리 발버둥을 쳐도 이 궤도를 벗어날 수 없을 것 같은 불길한 예감이 들었다. 결국 나는 어쩔 도리 없이 정해진 대로 언니와 같은 길을 살아가게 되는 걸까?

나는 반항심에 가득 차 언니를 노려보았다.

"그래서? 그다음엔 어떻게 됐는데? 미리 좀 알려 줘. 이제 괜한 고민 안 하게. 언니가 한 대로만 하면 되겠네."

"나나야, 내 말은 그냥……."

"그냥 뭐? 아예 나더러 사라져 버리라고 하지? 이제 언니 한 사람으로 충분하니까!"

"그런 말이 어디 있어?"

언니가 팔을 잡으려는 걸 뿌리치며 말했다.

"언니는 15년 전에 엄마가 왜 그런 선택을 했다고 생각해? 이해할 수 있어?"

"무슨 뜻이니?"

"언니 세포에서 나를 얻어 낸 게 언니를 위한 일이었던 것 같아?"

그건 하지 말아야 할 질문이었다. 엄마가 언니를 지극히 사랑했고, 그래서 도저히 그냥 잃고 싶지 않아서 이루어진 일이라는 걸 모르지 않기 때문이다. 그러나 어쨌든 나는 전혀 다른 사람, 또 다른 딸이다. 적어도 내 생각은 그랬다. 그래서 나는 언니가 그때 엄마에게 버림받았던 거라고 느끼자면 얼마든지 그럴 수도 있겠다는 섣부른 짐작을 한 셈이다. 내 처지를 비하하지 않으려고 언니를 잡아 끌어내렸다. 언니를 비참하게 만들고 잠시나마 승리감을 맛볼 만큼 나는 잔인해져 있었다.

"나를 지키고 싶어서 그랬겠지."

언니는 머뭇머뭇 말했다. 자괴감이 밀려왔다. 나 자신이 너무 형편없는 인간 같았다. 괴물이 된 심정이었다. 나는 더 말하고 싶지 않아 목검만 집어 들고 집 밖으로 나왔다. 언니가 뒤에서 부르는 소리가 들렸지만 무시해 버렸다. 목검을 들고 나올 때는 당장이라도 체육관으로 달려가 밤새 허공을 상대로 휘두르고 싶었는데, 막상 나오니 그럴 의욕도 일지 않았다. 나는 무턱대고 외곽 도로를 따라 하염없이 걸었다. 집에서 멀어질 수 있는 한 멀어지고 싶었다.

얼마만큼 갔을까. 다리가 뻐근해져 가까이 보이는 길가 벤치로 가 걸터앉았다. 어느새 저녁이 되어 주위가 어둑해졌다. 시간을 확인해 보려다 그만두었다. 혜수와 미지 얼굴이 잠깐 떠올랐지만, 지금은 아무하고도 말하고 싶지 않았다. 이럴 때는 친구들과의 수다도 도움이 안 된다는 걸 알고 있었다. 그냥 가만히 기다리기로 했다. 마음이 가라앉을 때까지.

하지만 그조차 뜻대로 되지 않았다. 검은 그림자들이 다가와 나를 둘러쌌다.

"이야! 이것 봐라. 목검을 갖고 있네. 이 동네를 주름잡는 검객이라도 되시나?"

말투가 좋지 않았다. 고개를 들어 보니 실실 웃고 있는 젊은 남자 둘이 나를 내려다보고 있었다. 취기가 가득 오른 얼굴이었다.

"젊은 아가씨가 이렇게 혼자 외진 길에 나와 있으면 곤란하지. 우리가 막 보호해 주고 싶잖아. 안 그래?"

"아니면 남자친구가 두고 가 버렸나? 우리가 대신 놀아 줄게!"

녀석들이 낄낄댔다. 얼굴이 번들거리는 녀석이 내 머리로 손을 뻗었다. 잠자코 있다가는 녀석이 내 머리를 만질 판이었다. 나는 옆으로 벌떡 일어나며 의자에 걸쳐 놓았던 목검을 날쌔게 움켜잡았다.

"호오! 이거 동작 봐라. 한판 붙어 보겠다는 자세인데?"

눈으로 얼른 녀석들의 힘을 가늠해 보았다. 혼자 대적해 물리칠 수 있을 것 같지 않았다. 다행인지 불행인지 이미 둘 다 꽤 취한 상태였다. 위험할 만한 소지품은 없어 보였다. 반면 내게는 목검이 있다. 그 사실이 이렇게 안심이 될 줄은 몰랐다. 빈손일 때와 전투력 차이가 하늘과 땅만큼 크다는 걸 목검 연습을 해 본 아이들은 누구나 알았다.

"비켜."

내 말에 녀석들은 가소로운 듯 비웃고는 한 발 더 다가왔다.

"싫다면?"

목검을 어찌해 볼 틈도 없이 녀석들이 내 양팔을 우악스럽게 잡아챘다. 그때였다. 한 녀석이 갑자기 비명을 지르며 허리를 뒤로 꺾더니 고꾸라졌다. 다른 한 명이 놀라 옆을 보는가 싶더니 한순간에 머리통을 감싸 쥐며 비명을 내질렀다. 소미였다. 소미는 손에든 물건으로 녀석들을 마구 내리찍고 있었다. 내가 놀라 멍해 있자 소미가 소리쳤다.

"네 목검은 장난감이야? 안 쓰고 뭐해?"

"아!"

그제야 나도 정신이 퍼뜩 나 들고 있던 목검으로 바로 앞에 고꾸라져 있는 녀석의 어깨를 후려쳤다. 그사이에 머리통을 감싸 쥐고 있던 녀석이 얼른 몸을 일으켜 소미에게 달려들었다. 나는 재빨

리 달려가 소미에게서 녀석을 떼어 냈다. 경기 때는 절대 쓰면 안
되는 급소 공격이 목숨을 지켜야 할 때는 가장 최선의 방어 전술
이 된다. 나는 그걸 증명해 보였다. 평소 목검 훈련이 헛되지는 않
았던 것 같다. 내 목검에 어깨를 후려 맞은 뒤 쩔쩔매다 다시 팔을
휘두르던 녀석도 소미가 마저 거꾸러뜨렸다. 둘이 길바닥을 뒹굴
며 신음하는데 멀리서 경찰차가 달려오고 있었다. 지나가던 누군
가가 바로 신고한 모양이었다. 소미가 문득 멈칫했다.

"정당방위니까 넌 겁먹을 거 없고, 난 이만 사라져야겠다. 누군
지 모르겠다고 해 줘."

"뭐? 왜에……?"

내 질문이 미처 입 밖으로 다 나오기도 전에 소미는 어둠 속으
로 순식간에 사라져 버렸다. 이해할 수 없는 행동이었지만, 그걸
따져 물을 새도 없었다. 경찰차 소리를 듣고 비칠거리며 달아나던
녀석들이 얼마 못 가 바로 체포되면서 소란을 피우고 있었기 때문
이다. 자기들은 아무 짓도 안 했다고, 오히려 피해자라고 떠들었지
만, 그런 말을 계속 듣고 있을 만큼 경찰이 한가하지는 않았다. 몇
가지 묻는 말에 나도 답해 주었다. 소미 부탁대로 같이 있었던 사
람은 누군지 모르겠다고 대답했다. 경찰은 나를 집까지 데려다주

겠다고 했다.

"아! 아니에요. 괜찮아요. 혼자 돌아갈 수 있어요."

밤에 길 잃은 아이처럼 경찰 보호를 받으며 집으로 들어서고 싶지는 않았다. 언니에게 그런 꼴을 보이기는 죽어도 싫었다. 경찰은 내 뜻을 존중해 주었다.

"그래, 네 생각이 그렇다면 그렇게 해. 조심해서 들어가고, 그래도 놀랐을 수 있으니까 푹 쉬렴. 보호자에게 연락은 갈 거야."

아니! 그것도 괜찮다고 말하려는데, 경찰관은 한 손을 들어 인사를 남기고 금세 차에 올랐다. 경찰은 체포한 녀석 둘을 뒷자리에 태운 채 바로 출발했다.

경찰차가 떠나자마자 나는 소미 연락처를 찾았다. 폰이 필요 없었다. 뒤쪽 어둠 속에서 소미가 스스로 걸어 나왔기 때문이다. 옆구리에는 레일보드를 끼고 있었다. 나는 헛웃음이 나왔다.

"뭐야? 아까 그걸로 내리쳤던 거야?"

소미는 어깨를 으쓱해 보였다.

"이게 얼마나 효과적인 무기인데. 그나저나 너 보드값 물어내. 놈들 패다가 내 보드 금 갔어."

"아! 미안해."

"미안할 건 없고. 워낙 낡아서 어차피 수명이 다 된 거였어. 그런 놈들 실컷 두들겨 패고 장렬히 전사한 셈 치지 뭐."

소미가 빙긋 웃었다. 그렇게 웃는 모습은 처음이었다. 의외로 보기 좋았다. 우리는 자연스럽게 외곽 도로를 나란히 걷게 됐다.

"너…… 왜 게임 그만뒀어?"

나는 망설이다 결국 말을 꺼냈다. 진작부터 물어보고 싶었던 거였다. 소미는 한동안 말이 없었다.

"대답하기 싫으면 안 해도 돼. 나는 그냥."

"아니, 괜찮아. 말해도 상관없어. 나, 유전자 검사 최하위 등급 나왔어. 엄마한테서 선천적인 심장 기능 저하증과 우울증 고위험 군 물려받고, 아빠가 알코올 중독 전력에 흡연자라 내 유전자 등급에 고스란히 반영됐지."

"그게 무슨 상관이……."

소미는 대수롭지 않은 것처럼 말을 툭 던졌다.

"상관이 아주 많지. 엄마 아빠는 형편이 넉넉하지 않아서 내 유전자를 디자인하지 못했거든. 내 유전자에서 병증을 제거하지 못했다는 뜻이야. 당연히 나는 앞으로 진학할 수 있는 학교와 선택할 수 있는 직업이 제한될 거야. 대회에서 아무리 우승을 해도 소용이 없어. 결국에는 기회가 안 주어질 테니까."

"……."

무슨 말을 해야 좋을지 몰라 말문이 막히고 말았다.

"너희 엄마는 네 유전자 디자인을 깔끔하게 마쳤을 거야. 그럴 형편이 되는데 안 하는 부모가 어디 있겠어?"

나쁜 질병을 안 물려주고, 좋은 자질을 추가하는 유전자 삽입과 가위 기술은 이미 화제도 안 될 만큼 널리 퍼져 있었다. 특별한 일로 생각을 안 했기 때문에 언니나 내 유전자가 디자인된 것인지 궁금해하지도 않았던 것 같다. 그런데 그게 누군가에게는 갖지 못한 기회일 수 있다는 생각을 못 했다. 무엇보다 그로 인해 심각한 제약과 불이익을 받을 수 있다고는…….

"소, 소미야."

무턱대고 이름을 불러 보았다. 무슨 말을 해야 할지는 여전히 모르는 채였다. 나는 잠시 말없이 걷다 입을 열었다.

"있잖아. 넌 뭘 해도 내 눈에는 멋있어 보였어. 나보다 앞서 우리 지역 청소년 대회 우승하고 대표가 됐을 때도 그렇고, 그 보드 타고 내 앞에서 날아갈 때도 너무 근사해서 사실은 무지 샘났어. 나중에 어찌 되든 그건 그때 생각하면 안 돼? 또 정말 그럴지 안 그럴지 알게 뭐야. 지금 하고 싶은 거 그냥 다 해."

"너라면 어떨 거 같은데?"

소미는 무심한 척 물었지만, 혼자 겪었을 마음고생이 느껴졌다. 그건 사실 나라고 다를 것도 없었다.

"나, 나는 언니 복제 세포로 태어났어. 클론인 셈이지. 언니 생명을 대체하기 위해 만들어진 복제 인생."

"진짜?"

소미는 놀란 듯했지만, 크게 내색하지 않았다.

"나는 내 인생이 없는걸. 뭘 해도 언니하고 똑같더라구. 내가 무엇 때문에 살아야 하는지, 사실 잘 모르겠어. 이런 말 해도 될지 모르겠는데, 난 오히려 네가 부러워. 넌 누가 뭐래도 너잖아."

소미가 버럭 소리를 쳤다.

"야! 너도 너야! 언니하고 네가 똑같다고 누가 그래?"

"엄마가, 언니도 그러고……."

"그건 어느 집이나 가족들끼리 하는 소리야! 누가 덜떨어진 짓하면 반드시 그런 말 해. 쟤하고 너하고 똑같다고."

소미 말은 묘한 설득력이 있었다.

"언니 사진 있으면 보여 줘 봐."

소미 말에 폰에서 언니를 찾아 보여 줬다.

"너, 언니 전혀 안 닮았어. 언니가 훨씬 예뻐. 네가 무슨 수로 언니를 대체해? 언니는 완전 착해 보이네. 너는 성질이 얼마나 사나운데."

"뭐어?"

"푸하하하!"

내가 주먹을 뻗었을 때 소미는 벌써 저만치 내달려 가고 있었다. 나도 소미를 따라 달렸다. 숨이 턱까지 찼지만 머리는 신기하게 개운해졌다. 소미 웃음소리가 밤하늘로 청량하게 울려 퍼졌다. 계속해서 듣고 싶은 웃음소리였다.

'앞으로도 그렇게 쭉 웃고 살아. 소미야. 등급 따위 굴하지 마!'

마음속으로 빌며 뒤따라 뛰다가 소미가 우뚝 멈춰 서는 바람에 부딪힐 뻔했다.

"집 앞에 언니 나와 있네."

소미가 눈짓으로 앞을 가리켰다. 정말 어느새 집 앞에 다다라 있었다. 언니가 길가에 서 있는 게 보였다. 나는 선뜻 다가가지 못하고 멈칫거렸다.

"난 간다!"

소미는 가볍게 인사를 남기고, 금 갔다던 레일보드를 땅바닥에 내려놓더니 아무렇지도 않게 발을 굴렀다. 나는 소미가 더 달려 나가기 전에 아까 못한 말을 얼른 했다.

"고마웠어!"

소미는 돌아보지도 않고 손만 흔들어 주었다. 보드가 도로변 레일에 오르는가 싶더니 순식간에 멀어져 갔다.

이제 더 핑계가 없었다. 나는 잠자코 언니 쪽으로 돌아섰다.

언니는 나를 보자마자 소리를 질렀다.

"너 뭐야? 왜 이제 들어와? 얼마나 걱정했는데……. 연락도 안 되고!"

내가 당황해 바라보고만 있자 화를 내던 언니는 갑자기 울기 시작했다. 미안해. 울지 마. 왜 울어? 내가 잘못했어. 머릿속으로 어울리는 말을 생각해 보았지만 아무것도 적당해 보이지 않았다.

"너를 잃는 줄 알았어. 얼마나 무서웠는지 몰라. 너도 나처럼 돌아오지 못할까 봐……."

언니가 무슨 말을 하는지 알 것 같았다.

언니가 돌아오지 못했다는 건 과거 의식불명에 빠진 일을 말하는 거였다. 언니는 열다섯 살 때, 밤늦게 학교 체육관에서 체조 연습을 하고 집에 오다가 교통사고를 당했다. 그리고 15년 동안 깨어나지 못했다.

"언니."

나는 겨우 언니를 불렀다. 언니는 더 말을 잇지 못하고 나를 당겨 끌어안았다. 언니는 가까스로 숨을 고르고 물었다.

"무슨 일이 있었던 거야? 전화는 왜 안 받았어?"

나는 별일 아닌 것처럼 애써 담담하게 말했다.

"그냥 밖에 잠깐 앉아 있었어. 근데 웬 얼빠진 놈들이 와서 시비를 걸잖아. 그래서 목검 들고 싸우려고 했는데, 친구가 와서 도와줬어. 마침 경찰도 왔고. 이제 괜찮아."

"그게 괜찮은 거야? 너 진짜 겁도 없다. 어휴."

언니는 나에게도 열다섯 살의 불운이 닥치는 줄 알고 겁에 질려 있었다. 언니도 우리가 같은 운명의 궤도를 그릴까 봐 사실은 많이 두려웠던 거다. 하지만 나는 돌아왔다. 그리고 솔직히 그런 일들을 열다섯 살에만 겪는 건 아니지 않나? 스물다섯, 서른다섯, 마흔다섯, 그 이후에도 겪을 수 있을 테고, 또 그럴 때마다 나는 매번 맞서 싸울 텐데 뭐.

언니가 떨리는 목소리로 말했다.

"나 같으면 두려워서 맞설 생각 못 했을 거야. 아마 아무것도 못하고 그 자리에 주저앉았겠지."

뜻밖이었다. 나는 당연히 언니도 나처럼 판단하고 대처했을 거라고 생각했다. 언니라면 틀림없이 이렇게 했겠지. 아까 나는 나도 모르게 그렇게 생각하고 움직였던 것 같다. 그런데 언니와 내가 다르게 생각했다니……. 내 선택은 '언니처럼'이 아닌, '나'를 위한 나의 것이었다.

"나나야. 네가 나를 닮지 않은 것 같아 마음이 놓여."

언니가 엷은 미소를 지었다. 나도 마주 씩 웃어 주었다. 굳이 더 말하지 않아도 괜찮았다.

언니 등을 만져 주며 집으로 들어오는데 엄마에게서 전화가 왔다. 여행지 이동 중에 경찰 연락을 받고 이제야 상황을 알게 된 모양이었다. 엄마 걱정은 언니처럼 조용하지 않았다. 옆에서 엄마 친구들까지 내 안부를 묻느라 소란스러워 도무지 얘기를 주고받을 수 없을 정도였다. 그럼에도 나는 오직 한 가지만은 분명하게 묻고 싶었다.

"엄마, 나 어떻게 디자인했어?"

엄마는 무슨 소리인지 이해하지 못했다.

"디, 디자인? 뜬금없이 웬 디자인 타령이야? 이런 엄청난 일을 겪고!"

"유전자 말이야. 언니랑 나. 유전자 뭐 삽입하고 뭐 잘라 냈냐고? 크리스퍼 알잖아. 유전자 가위."

잠시 말이 없던 엄마가 빽 소리를 질렀다. 옆에서 친구들이 화들짝 놀라 일시에 입을 다물 정도였다.

"너희한테 더 빼고 넣을 게 뭐가 있니? 지금 그대로 얼마나 완벽한데! 난 나의 모든 점을 좋아해. 그래서 나를 똑같이 닮은 딸 얻는 게 인생 목표였던 사람이야! 알았어? 하나, 나나! 똑똑히 알아 둬!"

엄마의 호통 소리에 언니까지 눈이 휘둥그레져서 나를 봤다. 그 바람에 마음까지 진정된 눈치였다. 엄마에게는 더 얘기하지 않아도 될 것 같았다. 내가 일단 무사하고 안전한 상태라는 것을 충분히 확인해 주었으니까. 그러자 비로소 내가 심각한 위협을 당했고, 놀랍게도 무탈하게 벗어났다는 사실이 온몸으로 실감이 났다. 소름이 돋았다가 서서히 가라앉았다.

문득 허기가 느껴졌다. 생각해 보니 끼니 거르는 법이 없는 내가 아직도 저녁을 안 먹은 채였다.

"언니. 저녁 먹었어? 나 배고파!"

언니도 당연히 안 먹고 있었다.

"우리 맛있는 거 해 먹을까?"

"좋아!"

음식 솜씨는 둘 다 엄마보다 나았다. 둘이 입맛이 똑같은 건, 언니와 나만의 비밀 아닌 비밀이다.

로봇 단테 1

"어서 와라. 단테 1호! 수명호 승선을 환영한다."

장 회장은 한 손으로 은발을 쓸어 올리며 경쾌한 걸음으로 안쪽에서 걸어 나왔다. 노인이라고는 믿기지 않는 탄탄한 몸이었다. 단테는 집무실 입구에서 단정하게 목례를 하고 장 회장이 권하는 소파로 가 앉았다. 장 회장의 우주선에 탑승하게 된 건 가문의 영광이었다. 로봇이 자기를 만든 회사를 가문이라고 여겨도 좋다면 말이다.

"집무실이 고딕식 분위기가 나는군요. 회장님 취향을 조금 알겠어요."

"그래? 하하하. 듣던 대로 감성이 뛰어나군. 총명해 보이는 게, 생김새도 멋지고. 마음에 들어!"

장 회장은 소파 대신 커다란 책상 앞으로 가 앉으며 흐뭇한 웃음을 지었다. 책상 위 천장 조명이 은은하게 조도를 맞추며 장 회장의 은발을 더욱 부드러워 보이게 했다. 적당히 주름지고 그을린 구릿빛 얼굴도 보기 좋았다. 매스컴에서 늘 보던 모습이었다.

단테는 예의를 갖추어 인사를 했다. 칭찬하는 말이 듣기 나쁘지 않았다.

"높이 평가해 주셔서 감사합니다."

실제로 단테는 현재 세계 최고 수준의 로봇을 생산하는 드림차일즈사의 야심 찬 신상품이었다. 총명하고 준수한 인간 소년 외모와 유연한 지성으로 지금까지의 금속형 로봇들과는 질적으로 큰 차이가 있었다. 가격 역시 만만치 않았다. 수명그룹 총수 장수명 회장은 단테를 구입하는 대가로 드림차일즈에 제3공장 건설 부지를 내놓았다. 수도권 서쪽에 자리한 공장 부지는 장 회장이 지닌 수십조 원 재산 중 일부였다.

장 회장은 작은 섬마을 염전에서 소금을 긁어 파는 일로 장사를 시작해 지금과 같은 수명그룹을 키워 냈다고 알려진 전설의 인물이었다. 장 회장의 정확한 나이나 성장 배경은 아무도 몰랐다.

장수명 회장이 우주선 수명호를 발사하겠다고 했을 때 사람들은 수명그룹이 우주 사업에 처음 뛰어드는 걸 알리는 신호탄으로 받아들였다. 실제로 장 회장은 우주여행 사업에 뜻이 있다며 본인이 첫 여행자가 되어 떠나겠다고 선포했다.

노령의 장 회장이 그런 계획을 갖고 단테 1호를 지목해 구입하겠다고 했을 때, 드림차일즈 내부에서는 의견이 분분했다.

"단테는 많은 사람과 교감하며 지성과 감성을 스스로 키워 가도록 설계한 로봇이에요. 인류의 발전에 현명하게 기여하길 바라며 단테 같은 지성 로봇을 만든 거잖아요. 이제 세상에 갓 한 걸음 내디딘 셈인데, 능력을 다 갖추기도 전에 기업가 한 사람 거들라고 보낼 수는 없어요."

"장 회장이 제시한 제3공장 건설 부지가 장난 같아? 우리 회사로서는 큰 기회야. 이렇게 큰 성장 기회도 없다고."

"그래도 단테가 우리 가까이에 있으면 좋겠어요. 아직은 더 많은 지식을 습득해야 하고 우리랑 토론도 계속해야 기대한 대로 지성을 제대로 키워 갈 수 있을 거라고요."

"장 회장과 우주여행을 가는 것도 단테에게는 훌륭한 경험이 될 수 있어. 나쁜 일은 아닐 거야."

"그렇긴 한데 장 회장이 단테의 잠재적인 능력을 제대로 알아봐

줄 것 같지가 않아요. 왠지 그저 신기한 로봇이 나왔다니까 갖고 싶어 하는 부자의 취미 생활 같다고요. 괜한 노파심인지도 모르지만……. 암튼 단테는 앞으로 세상에서 더 많은 일을 할 수 있을 텐데, 그렇게 한 개인에게 넘기자니 너무 아깝다는 생각이 들어요."

단테를 담당했던 개발자 서진과 마윤이 열을 올리며 반대했지만 드림차일즈 대표 테리 왕의 의견은 확고했다.

"장 회장 도움으로 더 많은 단테를 만들 수도 있어. 공익에 기여하는 건 그다음이야."

더 이상 논박은 어려웠다.

드림차일즈는 단테에게 만반의 준비를 시켰다.

"단테! 이번 우주여행에서 많이 배우고, 네 역량을 다하기 바란다. 부디 무사히 돌아오렴."

단테는 드림차일즈의 영예를 짊어진 셈이었다. 서진과 마윤은 아이를 멀리 떠나보내는 부모 같았다.

"보고 싶을 거야, 단테. 너도 우리 생각나면 언제라도 연락해. 어디에 있든 혼자라는 생각은 하지 말고."

마윤의 어린 아들은 단테가 우주에 가서 약을 구해 올 거라고 믿었다. 이 아이는 태어날 때부터 몸이 아팠다. 단테는 아이가 내민 손가락에 제 새끼손가락을 걸어야 했다.

"약속한 거지? 단테."

"그래."

단테는 아이가 눈을 반짝거리며 한 말을 간직했다.

장 회장이 긴장을 풀지 않고 있는 단테에게 손짓을 했다.

"먼저, 출항 준비에 차질 없도록 부탁하마. 다른 친구들도 애쓰고는 있지만 솔직히 그냥 깡통들이어서 말이야."

장 회장은 말끝에 헛웃음 소리를 냈다. 우스운 말은 아니었다. 그 말이 끝나자마자 한 무리의 로봇이 집무실 안으로 들어섰다. 단테는 장 회장이 왜 웃었는지 분석해 보고는 장 회장을 따라 훗웃었다. 나쁜 뜻은 없었다. 그저 재미있는 걸 보았을 때 내는 가벼운 웃음이라고 여겼다.

"인사들 나누게. 이쪽은 내 비서와 수행원들. 이쪽은 신입 단테."

장 회장 소개에 비서와 수행원 로봇들이 단테와 인사를 나누었다. 비서 로봇은 자기를 쿤 실장이라고 소개했다. 쿤 실장과 수행원 로봇들 모습과 표정은 한결같이 딱딱했다. 두드리면 어쩌면 정말 깡통 소리가 날지도 모른다는 생각이 들어 단테는 또 한 번 훗

웃었다.

"자, 이틀 뒤면 긴 여정이 시작될 테니 각자 위치에서 준비 점검에 들어가도록."

장 회장이 물러가라는 손짓을 하자 로봇들은 인사를 하고 우르르 집무실을 나갔다. 단테도 뒤따라 나왔다. 얼핏 책상 위 천장 조명이 어두워지며 장 회장의 모습이 흐릿해진 느낌이 들었다. 단테가 다시 돌아보았을 때는 이미 집무실 문이 닫혀 있었다.

수명호 발사 준비는 예정대로 순조롭게 진행되었다. 장 회장은 어리석은 야망과 드높은 포부로 가득 찬 18세기 유럽 대항해 시대의 선장처럼 흥분했다.

단테는 집무실 바깥으로 흘러나오는 장 회장의 유쾌한 웃음소리를 들으며 우주선 안을 이리저리 살피고 다녔다. 수명호 안은 겉보기보다 꽤 넓어서 한참 살펴보고 다녔는데도 아직 보지 못한 곳들이 많았다. 로봇들이 무언가를 골똘히 만들고 있는 작업실도 있고, 용도를 알 수 없는 재료가 가득한 방도 있었다. 기관실에는 출입 금지 표시가 붙어 있었다. 비상 탈출 장치로 연결되는 문도 잠겨 있었다.

"여기는 잠그지 않아야 필요할 때 쓸 수 있는 거 아냐?"

단테가 혼잣말을 하며 손잡이를 돌려 보고 있을 때였다.

"네 자리에 가만히 좀 있지 그래?"

쿤 실장이 무언가를 들고 집무실로 가다 돌아보고 말했다. 대뜸 얕잡아 보는 말투였다. 단테는 어깨를 으쓱했다. 상대방의 말을 판단하고 적절하게 대응하도록 감성 설계된 로봇의 자연스러운 반응이었다.

"더 부지런히 살펴보고 다닐 참인데? 우주선 안이 어떤 구조인지 탑승자가 알아야 하는 거 아냐?"

단테가 말했을 때 쿤 실장은 벌써 집무실 안으로 들어가고 없었다. 어디서 소곤거리는 소리가 들렸다. 한 무리의 작은 로봇들이었다. 그중 하나가 가까이 와 단테를 자세히 살폈다.

"우리하고 다르네? 넌 누구야?"

단테는 대답했다.

"나? 단테."

질문했던 로봇은 단테 뒤로 돌아가 또 이리저리 살피더니 눈을 깜박였다.

"드림차일즈에서 보냈구나. 외피 끝에 회사 로고가 있어."

단테의 윗옷 끝자락에 조그맣게 새겨진 드림차일즈 로고를 알아보고 하는 소리였다. 그 말을 듣고 다른 로봇들도 눈을 깜박이며 단테 주위로 더 다가왔다.

"평범한 로봇이 아니네."

"그러게. 우리가 표준 로봇인데."

단테는 다른 로봇의 반응과 관심에 얼떨떨해졌다. 처음 다가와 살펴보았던 로봇이 허리를 곧게 펴며 단테에게 손을 내밀었다.

"우리도 이름 있어. 난 노아."

다른 로봇도 레이, 하치, 미란다라고 이름을 말해 주었다. 단테는 악수를 하며 이름을 따라 불러 보았다.

"노아, 레이, 하치, 미란다. 반가워!"

단테가 사람들의 필요에 의해 소년의 모습으로 만들어졌듯이 다른 로봇들도 소년 또는 소녀 모습을 하고 있었다. 굳이 그렇게 한 이유가 있을 터였다. 단테로서는 어떻든 얘기를 나눌 수 있는 로봇이 있다는 게 다행스러웠다.

집무실에서 장 회장의 우렁찬 목소리가 흘러나왔다.

"이제 시간이 되었다. 닻을 올려라! 선원들이여. 힘차게 노를 저어라! 가자! 저 창대한 우주 바다로!"

단테는 어이없는 웃음을 지었다. 저렇게 들뜨고 흥분한 노인이 정말 수명그룹 전설의 창업주 장수명 회장이란 말인가.

작은 로봇들도 얘기를 끝내고 제자리로 돌아갔다. 수명호는 곧 발사 직전 상태에 들어갔다. 단테도 교육받은 대로 자리에 얌전히 가서 앉았다. 조종실의 발사 준비 상황이 벽면 스크린에 커다랗게 떴다. 발사 카운트가 시작됐다.

9, 8, 7, 6, 5, 4, 3, 2, 1, 발사!

우주선 수명호는 순식간에 대기를 뚫고 날아올랐다. 그리고 곧 캄캄한 우주로 나아갔다. 우주여행 시대를 열어 갈 선발대의 멀고 긴 항해가 시작된 것이다.

장 회장은 집무실 밖으로 전혀 나오지 않았다. 출발 전 흥분했던 걸로 봐서는 우주선 조종실로 뛰어 들어가 직접 조종을 하겠다고 법석을 피울 것 같았는데 의외로 잠잠했다. 해적선 선장이라도 된 듯이 수명호 탑승 로봇들을 거칠게 몰아치나 했는데 걱정했던 일은 일어나지 않았다. 우주선 일반 규칙과 기준대로 로봇들에 의해 모든 게 그저 차분히 진행되었다.

단테는 문득 장 회장의 마음을 이해할 수 있을 것 같았다.

"그렇군. 뭔지 알겠어."

단테는 생명이 있는 존재들이 홀로 있을 때 고독이라는 감정을 느낀다는 걸 알고 있었다. 그것이 두려움이나 그리움이라는 감정도 불러일으킨다는 것 역시 알고 있었다. 서진과 마윤이 혼자라고 생각하지 말라고 한 것도 그 때문일 거다.

수명호 안에 생명이 있는 존재는 장수명 회장 하나뿐이었다. 오직 장 회장 한 사람만이 살아 숨 쉬고 언젠가는 그 숨을 멈출 생명체였다. 나머지는 모두 로봇이었다. 로봇은 태양 에너지면 족했다. 먹고 씻고 배설할 필요가 없으므로 오히려 자유로울 수 있었다.

덕분에 수명호는 장 회장 한 사람의 생존에 필요한 물품만 챙기면 됐다. 장 회장을 위한 우주여행 물품은 그리 많지 않았다. 나머지 자리를 로봇들이 채웠다. 쿤 실장과 수행원 로봇들, 무슨 일을 하는지 단테로선 알 수 없는 작은 로봇들, 그리고 단테.

장 회장은 분명 그 로봇들 틈에서 자신만이 먹고 숨 쉬는 사람이라는 사실을 새삼 깨닫고 고독감에 빠져든 게 틀림없었다. 우주여행에 품었던 기대와 환상이 출발과 동시에 일순 사그라지면서 노인은 움츠러들었을 것이다. 어쩌면 자신의 치기와 헛된 욕망을 자책하고 있을지도 모르는 일이었다.

"이럴 때 옆에 있어 달라고 나를 데려온 걸까?"

단테는 혼잣말을 하며 집무실 문을 두드렸다. 쿤 실장이 나와 단테가 찾아온 이유를 듣고 다시 들어갔다. 한참만에야 장 회장 목소리가 들렸다.

"들어오게."

쿤 실장은 보이지 않았다. 집무실 안쪽에 있는 장 회장 침실에서 뭔가 일을 하고 있는 것 같았다. 그 방은 쿤 실장 말고는 아무도 들어갈 수 없었다.

"할 말이 있다고?"

책상 의자에 깊숙이 몸을 묻고 앉아 있는 장 회장의 은발 위로 천장 조명이 부드럽게 떨어졌다. 자세 탓인지 눈 밑으로 그늘이 짙게 드리워졌다. 모습은 달라진 게 없는데 어딘가 지친 얼굴이었다. 단테는 이해한다는 뜻을 담아 장 회장을 다정하게 바라봤다.

"혼자라고 생각하지 않으셨으면 좋겠어요."

장 회장은 무슨 말인가 싶어 단테를 바라보았다.

"지금껏 어떤 사람도 홀로 이 길에 나서지 못했어요. 회장님의 남다른 결단과 거침없는 선택에 박수를 보내요. 그러니 무사히 여행을 마치고 다시 지구로 돌아가는 날까지……."

"그날은 오지 않아."

장 회장이 단테의 말을 자르며 중얼거렸다.

"네? 그게 무슨……."

어리둥절해서 되묻는 소년 로봇을 장 회장은 말없이 한참 보았다. 단테는 장 회장의 말을 이해할 수 없어 고개를 자꾸만 갸웃거렸다.

"내보내게."

장 회장이 피로한 얼굴로 중얼거렸다. 그 소리를 듣고 안쪽 침실에서 쿤 실장이 나왔다. 단테는 밖으로 떠밀려 나오며 볼멘소리를 했다.

"얘기 좀 해 봐요. 무슨 말씀인지 알아들을 수가 없다고요."

쿤 실장은 무슨 말을 할 듯하다 그만두었다. 그때 작은 로봇들이 있는 작업실 쪽에서 갑자기 소리가 들렸다.

"분명히 이렇게 하라고 했어. 어? 아니네. 아냐, 맞아. 앗? 아니네!"

단테가 무슨 일인가 싶어 다가가 보려고 하자 수행원 로봇이 안에서 나오며 막아섰다. 작업실 안에서 소란을 일으킨 건 노아였다. 노아가 또 횡설수설하자 다른 수행원 하나가 노아 뒷목의 작동 단추를 꺼 버렸다. 노아가 제자리에 그대로 멈추자 수행원 둘이 양쪽에서 한 팔씩 붙들고 나와 우주선 구석 어딘가로 데려갔다. 다른 로봇들은 눈을 깜박거리며 그런 노아를 바라보다 잠자코 제자리에 앉아 하던 일을 계속했다. 단테는 너무 놀라 그 자리에 서서 꼼짝도 못 했다. 대체 무슨 영문인지 알 수가 없었다. 다른 로봇들에게 물어보고 싶었지만 수행원 로봇 하나가 지키고 있어서 작업실 안으로 들어갈 수가 없었다.

단테는 자정이 되기를 기다렸다. 우주여행이 장기화될 걸 대비해 일반 로봇들은 자정부터 여섯 시간 동안은 태양 에너지를 쓰지 않고 멈춰 있었다. 단테는 비상 전력을 일부 쓸 수 있었다. 많은 비용을 들여 제작한 단테의 뇌 기능이 잦은 단절로 저하되지 않도록 회사에서 제공해 준 보완 장치인 셈이었다.

단테는 작업실 앞을 지키던 수행원 로봇이 자정이 되는 순간 잠들듯 꺼지는 걸 보며 안으로 들어갔다. 아무도 기척을 하지 않았다. 단테는 멈춰 있는 작은 로봇들에게 자기 에너지를 조금씩 나누어 주었다.

"레이, 하치, 미란다……."

단테는 조심스럽게 로봇들 이름을 불렀다. 작은 로봇들이 눈을 떴다.

"아까 노아한테 무슨 일이 생긴 건지 궁금해서 깨웠어. 어떻게 된 거야?"

레이가 눈을 깜박거리며 말했다.

"우리가 작업한 걸 보여 주러 노아가 집무실에 갔는데, 회장님이 틀렸다고 화를 냈대. 바로 전에는 좋다고 마음에 든다고 했던 건데도 말이야."

레이 말에 하치와 미란다도 한마디씩 거들었다.

"벌써 몇 번째인지 몰라. 회장님 변덕이 갈수록 심해져."

"그게 다 플러그 때문이야."

"플러그? 그게 무슨 말이야?"

단테는 미란다 말이 이상해 다시 물었다. 레이가 대신 대답했다.

"장 회장 플러그 사람이잖아."

"플러그 사람? 플러그 사람이라는 게 대체 뭐야?"

"실제 사람이 아니라고."

"실제 사람이 아니면?"

"아바타."

"맙소사."

"몰랐어? 쿤 실장이 안쪽 침실에서, '회장님, 잠깐만 플러그 좀 뽑겠습니다.' 하는 말 우리는 많이 들었는데."

"그러면 눈앞에 있던 아바타도 사라지거든. 그다음에는 회장님 마음이 또 바뀌어 있고 말이야."

단테는 말없이 고개를 저었다.

"믿어지지 않아. 그 모습이 아바타라니……."

단테는 저도 모르게 입 밖으로 소리를 흘렸다. 그 생각을 왜 못 했을까. 노인이라기에는 아직 탄탄해 보이던 몸, 주름이 있지만 오히려 적당해서 보기 좋던 얼굴. 아무리 실제 나이를 정확히 모른다고는 해도 이 정도로 계속 젊은 노인인 건 아무래도 이상했다.

또 집무실 책상 밖으로는 안 움직이던 모습, 보통 사람이라면 이렇게 저렇게 바뀌기도 하는 헤어스타일이며 피부 상태가 거의 변함없이 그대로이던 것……. 다시 생각해 보니 이상한 점이 한두 가지가 아니었다.

"진짜 장 회장은 그럼?"

"그건 우리도 몰라. 우리는 하라는 일만 하거든."

"하라는 일이 대체 뭔데?"

레이가 방 한쪽으로 가 단추를 눌렀다. 벽이 스르르 열리는가 싶더니 전시관이 눈앞에 펼쳐졌다. 전시관 안에는 인형들이 끝도 없이 줄지어 선 채 칸칸이 쌓여 있었다. 기이한 광경이었다. 인형들은 마치 속이 빈 누에고치처럼 가벼워 보였다. 용도를 알 수 없어서 단테가 궁금해했던 이상한 재료들은 바로 이 인형을 만드는 데 쓰이는 모양이었다. 인형 옷을 만드는 재료인 듯한 색색의 실도 작업실 구석에 쌓여 있었다.

"이, 이게 다 뭐야?"

단테가 영문을 몰라 묻자 레이가 인형 하나를 집어 단테에게 보여 주었다.

"우리가 만든 거야."

놀랍게도 인형은 단테 얼굴과 비슷했다. 다른 건 노아 얼굴과 똑같았다. 레이가 곧 단테의 추측을 확인해 주었다.

"다 우리 얼굴이야. 이 인형들."

"뭐?"

사실이었다. 조금씩 다른 듯해도 기본 꼴은 모두 단테와 작은 로봇들 얼굴이었다. 하치와 미란다가 말을 덧붙였다.

"공장에서 한꺼번에 만들 수 있지만, 정성을 기울여야 한대서 하나씩 만들고 있어."

"이 일 시키려고 우리를 데려왔대."

"그런데 회장님이 자꾸 마음에 안 든다는 거야. 진짜 너랑 우리 같지 않다고."

작은 로봇들은 한꺼번에 말을 쏟아 냈다. 단테는 이게 다 무슨 의미인지 도무지 이해가 되지 않았다.

"이 많은 인형을 왜 만들게 하는 건지 알 수가 없군. 자신은 아바타면서……. 좀 더 생각해 봐야겠어. 이만 가 볼게."

단테는 조용히 로봇들이 있는 작업실에서 빠져나와 자기 방으로 갔다. 머리가 뒤죽박죽된 느낌이었다. 작업실에서 본 인형 영상이 계속해서 단테의 머릿속을 휘젓고 다녔다. 수많은 단테들이 자신을 둘러싸고 점점 옥죄어 오는 것만 같았다.

단테는 우주선 전원 휴식 시간이 끝나자마자 장 회장 집무실로 가 문을 두드렸다. 쿤 실장이 문을 열기 바쁘게 단테는 안으로 들어갔다. 장 회장이 늘 앉아 있던 책상 의자는 비어 있었다.

"무슨 짓이야?"

쿤 실장이 거칠게 팔을 잡았지만 단테는 조용히 뿌리쳤다.

"만나게 해 줘. 안으로 들어가면 돼?"

단테가 안쪽 침실로 들어가려고 하자 쿤 실장이 소리쳤다.

"여기서 기다려!"

잠시 뒤 장 회장이 버릇처럼 은발을 한 손으로 쓸어 올리며 안쪽에서 뚜벅뚜벅 걸어 나왔다. 여전히 탄탄한 몸, 보기 좋은 얼굴이었다. 꽤 근사한 초로의 남자 모습이지만 실은 상당히 늙은 노인의 아바타일 뿐이라고 생각하자 기묘한 느낌이 들었다. 장 회장 아바타는 책상 의자로 가 앉으며 불쾌한 얼굴로 물었다.

"무슨 일이지?"

단테는 곧바로 질문을 던졌다.

"사실대로 말해 주세요. 회장님은 살아 있나요?"

장 회장은 단테를 쏘아보았다.

"웬 헛소리지? 밤사이 블랙홀에라도 빠졌다 나왔나?"

단테는 다시 질문을 던졌다.

"우리는 지금 어디로 가고 있나요? 우주여행은 현재 순조로운 건가요?"

장 회장은 대답할 필요가 없는 질문이라는 듯 고개만 살짝 주억거렸다. 단테는 장 회장 머리 위를 비추는 천장 조명을 올려다보다 조도 자동 조절 장치에 개입해 에러를 일으켰다. 갑자기 뜨거워진 조명이 파열되었다. 조명이 먹통이 되자 아래 앉아 있던 장 회장은 볼품없이 찌그러졌다. 장 회장은 곧 흔적 없이 지워져 버렸다.

단테는 그대로 책상을 지나쳐 안쪽 침실로 뛰어 들어갔다. 쿤 실장이 놀라 뒤따라 들어오려 했지만 단테는 얼른 문을 잠가 버렸다. 돌아서서 눈을 든 단테 앞에 장 회장이 보였다. 장 회장은 커다란 진공 유리관 안에 창백한 모습으로 잠들어 있었다. 얼굴에 살이라고는 한 점도 남아 있지 않은 채 백 살은 일찌감치 넘었음 직한 노쇠한 모습이었다. 얼굴도 목도 온통 주름으로 뒤덮였고 머리카락은 은발 몇 올뿐이었다. 그런 채로 머리 위에 수많은 연결선으로 덮인 플러그 장치 캡을 쓰고 있었다. 플러그는 진공 유리관 옆의 대형 컴퓨터와 연결되어 있었다. 컴퓨터 모니터 기록에는 장 회장의 사망 날짜와 시간이 표시되어 있었다. 수명호가 출발한 바로 뒤였다. 진공 유리관 안의 장 회장은 이미 수명이 다해 박제로 남은 껍데기일 뿐이었다.

"대체 왜? 언제부터 이런 생각을……?"

단테가 중얼거리자 다시 재생 복구된 장 회장 아바타가 옆에서 대답했다.

"남은 날이 더 없다는 걸 알고 수명호를 띄우기로 했지. 큰 재산을 주고 우주선과 너를 구입했고……. 아, 아바타는 이미 오래전부터 활용하고 있었어. 한창때의 이 모습을 다들 익숙해하고 좋아해서 말이야."

단테로서는 이해가 되지 않았다. 죽음이 다가오자 우주여행을 떠난다? 값비싼 로봇을 데리고? 왜? 무엇을 위해서?

그 순간 머릿속에 이치에 닿는 답이 떠올랐다.

"아! 영생 기술이 발달한 행성을 찾아가려고 했군요? 나더러 그 길잡이를 하게 하고……. 어? 그러려면 저온 수면이나 냉동 수면 방법을 택했어야죠. 얼마나 오래 걸릴지 모르는데 이 상태로는, 이미 늦어 버려서……."

아바타가 하하하 웃었다. 생명이 다한 실존 인물 옆에서 그의 아바타가 웃는 모습은 몹시 기이했다.

"아니. 그러기엔 내 몸을 이미 너무 많이 써 버렸지. 다 써 버린 낡은 몸은 이제 그만 쉬게 해 주고 싶었네. 영원히 안식을 취하라고 말이야. 뇌를 업로드해 의식을 저장하는 건 일도 아니야. 생존 때의 의식만으로도 이 정도 역할은 충분히 할 수 있지. 영원히 잠들고 싶으면 그때는 이 아바타도 조용히 사라지면 되고."

아바타는 장 회장의 유령처럼 보였다. 설명을 듣고도 단테는 여전히 장 회장이 왜 이런 계획에 자신과 작은 로봇들까지 끌어들였는지 이해가 되지 않았다.

"나와 저 로봇들은 왜 데려온 거예요?"

"단테, 혹시 고대 중국의 황제 진시황을 알고 있나?"

진시황? 단테는 재빨리 정보를 소환했다. 영생을 꿈꾼 황제. 불로불사, 늙지도 죽지도 않는 약초를 찾아오라고 머나먼 해동 땅으로 소년 소녀 오백 명을 보냈지만 어리석게도 수은을 영생 약으로 알고 계속 먹다가 원래 수명만큼도 다 못 산 황제.

단테는 불현듯 자신과 작은 로봇들이 바로 그 소년과 소녀 역할일 수도 있겠다는 생각이 들었다.

"거봐요! 맞네. 역시 영생 약을 구하려고 먼 우주로 나랑 저 로봇들을……!"

단테가 마구 중얼거리자 아바타는 고개를 저었다.

"틀렸어. 영생 약은 어디에도 없어. 진시황은 마흔일곱 살에 죽고 말았어. 영생은 헛된 꿈일 뿐이었지. 그 대신 다른 방법이 있었어. 모두를 데리고 저세상으로 들어가는 거야. 그러면 거기에서도 그대로 계속 살 수 있다고 믿었지. 나중에 다시 태어날 때도 그대로 다 데리고 태어날 거라고 믿었고……."

아바타는 이어서 말했다.

"나도 그 방법이 마음에 들었어."

단테는 혼자 중얼거렸다.

"모두를 데리고 저세상으로 간다……?"

단테는 헉 하고 나오는 비명을 삼켰다.

"그런 걸 고대 사람들은 순장이라고 했단다, 얘야."

"순장?"

"그래. 지금 이 우주선은 세상에서 둘도 없는 가장 멋진 무덤이지."

단테는 고개를 저었다.

"고작 무덤에 끌고 들어가려고 그렇게 큰 값을 치르고 나를 여기까지 데려왔다고?"

"고작이라니! 섭섭한 소리. 나는 눈감은 뒤 혼자 있고 싶지 않았다. 너처럼 섬세하고 사랑스럽고 영특한 아이가 내 곁을 지켜 준다면 죽음도 견딜 수 있을 것 같았다. 또한 내 무덤이 세상 그 누구 것보다도 근사하게 장식되기를 바랐다. 너야말로 내 무덤을 영원토록 빛내 줄 최고로 귀한 순장품이지!"

자신이 순장품 로봇이라니, 단테는 인정할 수 없었다.

"순장품 따위 되고 싶지 않아! 난 인형이 아니야!"

단테는 뒷걸음질을 치다가 침실 문을 왈칵 열고 밖으로 뛰어나왔다. 믿기지가 않았다. 단테는 장 회장이 로봇들 틈에서 혼자만 살아 있는 사람이라 고독감을 느끼는 줄 알았다. 이 거창한 우주여행을 감행한 자신의 무모함을 혹시 후회하고 있지 않을까 짐작하기도 했다. 그럴 때 옆에서 위로와 조언을 해 주는 일을 자신이 해야 하는 줄 알았다. 오해였다. 단테가 할 일은 아무것도 없었다. 그저 가만히 있기만 하면 될 뿐이었다. 움직이고 말할 줄 아는 고급 순장품으로…….

자신을 자랑스럽다고 했던 드림차일즈 대표 테리 왕의 말은 분명한 진실이었다. 사람들과 교감하며 지성과 감성을 스스로 키워가도록 설계했다는 서진과 마윤의 자부심 가득한 애정도 전혀 거짓이 아니었다. 그런 자신을 장 회장은 그저 말하는 황금 인형 정도로 여기며 무덤 속에서 지금 영원히 같이 있자는 거다.

"아니! 나는 그러려고 세상에 나오지 않았어. 나는 그런 로봇이 아니야. 내가 할 일은 여기에 없어. 내가 있어야 할 곳으로 돌아가겠어!"

침실에서 뛰쳐나간 단테를 쿤 실장과 수행원 로봇들이 쫓아와 막아섰다.

"비켜!"

단테는 틈새로 재빨리 빠져나가 집무실 밖으로 뛰어나갔다. 쿤 실장 일당도 우르르 뒤따라 나오려고 했다. 단테는 재빨리 장 회장 집무실 출입문을 잠가 버렸다. 단테는 우주선 복도를 달려 작은 로봇들이 일하는 작업실 안으로 뛰어 들어갔다.

"너희들 말이 맞았어! 장 회장은 살아 있는 사람이 아니야."

작은 로봇들이 고개를 끄덕였다.

"이 우주선은 장 회장의 무덤일 뿐이야. 나는 이 무덤에서 나갈 거야. 너희는 어떻게 할 거야?"

작은 로봇들이 일하던 자리에서 우르르 일어났다.

"우리도 나가고 싶어."

"좋아! 그럼 어서!"

로봇들이 단테를 따라 작업실을 나왔다.

"노아! 노아도 데려가야 해."

단테와 작은 로봇들은 노아가 갇힌 데를 찾아 우주선 안을 이리저리 뛰어다녔다. 그사이에 장 회장 집무실에서 빠져나온 수행원들이 달려와 작은 로봇들을 붙잡으려고 했다. 단테는 급히 방향을 바꾸어 에너지 추진실로 달려갔다. 로봇은 물론 우주선 동력이 모두 여기서 나오고 있었다. 단테는 재빨리 동력 공급 장치를 찾아 스위치를 눌러 껐다. 동력이 꺼진 로봇들은 그대로 동작을 멈춘 채 꼼짝도 하지 않았다. 이 상황에서는 내장된 비상 전력에 의지하는 수밖에 없었다. 서둘러야 했다. 우주선 스스로 비상 정지 상태를 해제해 동력 장치를 다시 가동하고 로봇들이 깨어 움직이기 전에 말이다.

단테는 비상 탈출용 우주 보트 상태를 확인했다. 멈춰 있는 작은 로봇들은 비상 전력을 전달해 깨웠다.

"일어나. 어서! 빨리 떠나자!"

레이와 하치, 미란다가 급히 우주선 안을 뒤져 갇혀 있던 노아를 찾아 데려왔다. 우주 보트를 작동시키려면 동력 공급 장치를 다시 가동해야만 했다. 단테는 쓰러져 있는 쿤 실장과 수행원 로봇들을 돌아보았다.

"그냥 가긴 섭섭한데."

무슨 뜻인지 이해했다는 뜻으로 노아가 고개를 끄덕였다. 노아는 다른 로봇들을 데리고 작업실로 달려가 인형 옷을 만들던 실뭉치를 들고 왔다. 쿤 실장과 수행원 로봇들의 손과 발은 곧 가늘고 질긴 실로 칭칭 휘감겼다. 단테는 그 로봇들의 머리에 장 회장이 쓰고 있던 장치와 연결된 센서 핀들을 하나씩 꽂아 주고 데이터를 새로 입력했다.

단테는 우주 보트에 작은 로봇들이 다 올라탄 걸 확인하고 에너지 추진실로 뛰어가 동력 공급 스위치를 작동시켰다. 우주선이 다시 가속하기 시작했다.

"저, 저 녀석을 잡아!"

쿤 실장 목소리가 우주선 안을 울렸다. 그 순간 쿤 실장과 수행원들 머릿속에서는 장엄한 음악 소리가 울려 퍼지기 시작했다. 단테가 새로 입력한 데이터가 활성화된 거였다. 음악은 센서 핀을 통해 영면에 든 장 회장과도 공유되고 있었다. 쿤 실장과 수행원 로봇들은 머릿속에서 울려 퍼지는 음악 소리에 당황하며 손과 발에 휘감긴 실에서 빠져나오려 안간힘을 썼다.

"이제 됐다. 가자."

"그래, 어서 가자."

수명호의 우주 보트는 꽤 튼튼해 보였다. 단테와 작은 로봇들을 가까운 우주정거장으로 안전하게 데려다줄 거다. 장 회장은 비록 가장 아끼는 순장품을 잃겠지만, 아직 남은 순장품은 많았다. 문이 열리지 않는 방들에는 단테가 알지 못하는 갖가지 순장품들이 그득히 들어 있을 터였다. 그 순장품들에 둘러싸여, 꿈꾸었던 근사한 무덤 속에서 장 회장은 자신의 아바타가 들려주는 거짓 전설을 끝없이 되풀이해 들을 수 있을 거다.

"어디로 갈까?"

"어디든."

우선은 태양 에너지를 듬뿍 공급받을 수 있는 우주정거장까지 날아가야 할 거다. 그다음에는 어느 행성으로든 가 보는 거다. 지구에서는 서진과 마윤이 기다리겠다고 했다. 마윤의 어린 아들도 단테가 약을 구해 오길 기다리겠다고 했다. 단테는 그 약속을 꼭 지키고 싶었다.

단테가 할 일들도 기다리고 있을 거다. 드림차일즈도 단테에게 무사히 돌아오라고 당부했다. 회사의 이름을 빛내 주길 바라며.

하지만 먼저 해야 할 게 있다. 우주여행은 이제 시작일 뿐이니까. 선발대답게 제대로 길을 찾고 돌아가도 늦지 않을 거다.

"좋아. 그럼 우주로 다시 출발한다."

"좋아!"

로봇들이 사인을 주고받았다. 우주 보트가 우주선에서 떨어져 나왔다. 제 몸 일부를 떼어 밖으로 내보낸 거대 우주선은 무덤이면서 잉태의 껍질로도 보였다. 아바타는 우주 보트가 미끄러져 떠나는 걸 장 회장 곁에 유령처럼 서서 마냥 멀거니 보고 있었다. 우주선은 영원히 잠든 주인과 언제까지고 곁에 있게 될 남은 자들을 싣고 우주의 심해 속으로 깊이깊이 떠내려갔다.

로봇 단테 2

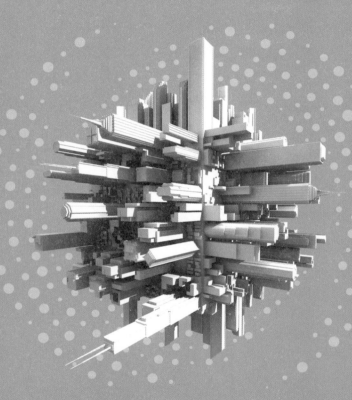

"나를…… 해고할 건가요?"

그 말이 무엇을 의미하는지 우리는 서로 알고 있다. "응."이라고 답하는 순간, 앞에 서 있는 이 로봇은 회사가 회수해서 해체 수순을 밟을 거다. 엄마와 나는 애써 의젓한 척하는 눈앞의 소년 로봇을 잠자코 바라보았다.

이름 단테. 정확히는 단테 2호. 단테는 로봇 제조사 드림차일즈의 야심작이자 성공작이었다. 인간에 버금가는 지성을 갖추었다는 정보만으로도 과학 소설가가 꿈인 나의 호기심을 한껏 자극했다. 겉모습도 지금까지의 평범한 로봇과는 뚜렷하게 차이 나는 아름다운 인간 소년이었다. 하지만 드림차일즈는 무슨 이유에서인지 2호에서 단테 생산을 중단해 버렸다. 그 뒤 드림차일즈는 다국적

기업인 로보월드에 합병될 처지에 놓이게 됐다. 로보월드는 공격적으로 드림차일즈 주식을 사들여 적대적 인수 합병을 추진했다.

로보월드는 드림차일즈 사업 중 단테 시리즈를 가장 탐냈다. 시리즈를 이어 가며 계속 제작하고 싶어 했지만 드림차일즈 핵심 개발자들이 회사를 떠나 버린 상황에서 원천 기술을 확보하기는 어려웠다. 로보월드의 기술력은 일정 수준 이상을 넘지 못했다. 회사 규모와 재정 상태는 월등했지만 단순 업무형 로봇을 주로 만들어오던 로보월드가 단테 시리즈를 이어 가는 건 불가능했다. 이미 있는 단테 2호를 확보해 제작 기술을 역연산으로 푸는 도리밖에 없었다. 단테 1호는 우주 실종 처리 상태였다.

로보월드는 단테 2호를 확보해 분석 작업을 시작했지만, 곧 한계에 부딪혔다. 단테 2호가 도무지 갈피를 잡을 수 없는 사고와 행동 패턴을 보였기 때문이다. 로보월드는 난항과 혼선을 겪은 끝에 역량의 한계를 인정할 수밖에 없었다. 믿을 만한 외부 전문가를 찾다가 엄마에게까지 연구 지원을 요청하러 온 이유였다.

로봇 행동 심리를 연구하는 엄마의 논문이 학술지 로보타에 실려 주목받은 지 몇 개월이 지났을 때였다. 로보월드 사람들이 밤에 엄마를 만나러 집으로 왔다.

"일 얘기라면 낮에 연구실로 오시죠."

"학계에 공개할 사항이 아니고, 김지수 박사님 개인과 가족에게 도움을 요청할 일입니다."

"뭔가 떳떳하지 않은 거래라면 사양하겠어요."

엄마와 회사 관계자가 도어 스크린을 보며 어색한 대화를 주고받았다.

"이 사안을 김 박사님이 엄밀하게 판단하려면 일정한 환경 조건이 필요할 것 같아서입니다. 박사님 명예에 누가 될 거래 제안은 아닙니다."

엄마가 문을 열어 주었다. 검정 재킷을 입은 젊은 남자와 여자가 안으로 들어왔다.

"아, 얘는 제 아들입니다. 김준."

엄마가 이름까지 말했으므로 나는 가벼운 목례만 하면 됐다. 두 사람은 이미 알고 온 듯했다.

"이제 본론을 얘기해 주시죠."

엄마는 바로 얘기를 듣고 싶어 했다.

"로봇 하나를 박사님 댁에 가정용 도우미로 받아 주시면 좋겠습니다."

두 사람의 요청 사항은 뜻밖이었다. 게다가 이 로봇에게 내려진 사회봉사 명령 60일 중 남은 30일을 우리 집에서 지내면서 동네 사람들의 일을 돕는 것으로 채우게 해 달라고 말했다.

"사회봉사 명령이요? 로봇이 무슨 안 좋은 일이라도?"

엄마가 놀란 눈으로 물었다. 나도 그 얘기를 들었을 때 순간적으로 범죄 로봇을 떠올렸다. 표정 없이 앉아 있던 여자가 한숨 소리를 내며 가볍게 고갯짓을 했다.

"이 로봇은 지시에 잘 따르지 않을 뿐입니다. 종잡을 수 없는 면이 있고요. 어떤 나쁜 행위를 저지르는 건 아닙니다."

이건 또 무슨 소리인가 싶어 엄마와 내가 눈을 마주쳤다. 여자가 설명을 이어 갔다.

"박사님 가족이 신경 써 주셔야 하는 건 이 로봇의 행동 심리를 관찰하고 분석하는 일입니다. 봉사 기간이 끝날 때쯤에 종합 분석 결과 보고서를 제출해 주시면 됩니다."

남자가 설명을 보탰다.

"이 로봇을 처음 만들었던 회사는 시리즈 제작에 엄청난 기술력과 비용을 쏟아부었습니다. 일반 회사는 꿈도 못 꿀 일이었죠. 그만큼 고도화된 지성 로봇입니다. 그런데 지금 첫 번째 로봇은 우주 실종 상태에 있고요. 두 번째 로봇이 지금 박사님께 부탁드리려는 건데, 뭐랄까, 이상행동을 자꾸 보이는 겁니다. 아무리 개성을 부여한 지성 로봇이라지만, 사람들이 수용 가능한 범위 이내여야 하는데 말입니다."

두 사람 얘기는 결국 이 로봇의 이상행동과 심리를 파악하기에 폐쇄적인 연구실은 적합하지 않다는 거였다. 보통 사람들과 함께 생활하게 하면서 특징적인 성향을 살펴보고 있었는데, 사람들 사이에서 문제를 자꾸 일으켜 분석 작업이 그동안 도통 진전되지 않았다고 했다.

"어떤 식의 문제를 일으킨 건데요?"

엄마가 묻자 두 사람은 직접적인 대답을 피하는 눈치였다. 남자가 대답했다.

"글쎄요. 그걸 낱낱이 말씀드릴 필요는 없을 것 같습니다. 며칠만 지켜보시면 바로 문제점을 발견하게 될 테니까요."

"이미 문제점을 파악한 상태인데 제가 군이 뭘 더 분석해야 하는 거죠?"

엄마가 묻자 여자는 쓴웃음을 지으며 자세를 고쳐 앉았다.

"문제가 있다는 걸 아는 것과 그게 무슨 문제인지를 아는 건 다른 일이지요."

내 귀에는 그 말이 그 말 같았다. 곰곰이 따져 보면 무슨 뜻인지 구분이 안 되는 건 아니었지만 말이다. 여자가 말을 덧붙였다.

"아까도 말씀드렸지만 '왜?'가 우리에게는 중요합니다. 원인을 명확히 알아야 하니까요. 그러고 나면 '어떻게 할 것인가?' 하는 문제입니다. 결론을 내리고 처리 방안을 세울 겁니다."

"이 로봇의 행동 심리 분석을 박사님께 의뢰하는 목적이 여기에 있습니다. 만약 이 로봇이 계속해서 문제를 일으키면, 저희로서는 손실을 감수하고 해고 수순을 밟아야 할지도 모릅니다."

"해고요?"

내가 놀라 눈이 둥그레지자 설명하던 남자가 고갯짓을 했다.

"해체한다는 말을 우리끼리 그렇게 하는 거다. 분해해서 제작 가능한 기술 수준의 낮은 버전으로 개조할 계획도 갖고 있거든. 그게 상용화에는 좀 더 수월하고 수익성도 좋을 거라고 전망하고 있어서 말이다."

마치 그걸 더 원한다는 느낌조차 들었다. 드림차일즈에 비해 낮은 기술력에 머물러 있었던 이유가 다 있었다. 고도의 지성 로봇을 만들고 소유할 능력도, 의지도, 안목도 모자라는 회사였다.

"우리 로보월드로서는 이런 지성 로봇 제작을 대대적으로 추진할지 백지화할지 전면적으로 검토해야 할 민감한 사안인 만큼, 박사님 분석 결과가 중요합니다."

엄마는 여자의 말을 끝으로 로보월드의 의도와 기대가 다 파악되었는지 서둘러 얘기를 마무리 지었다.

"알겠어요. 직접 알아내라는 뜻인 듯하니 그렇게 하죠. 로봇은 언제 보내 주실 계획인가요?"

남자와 여자는 비로소 홀가분한 표정을 지으며 자리에서 일어났다.

"내일 정오에 바로 보내 드리겠습니다. 그 밖에 더 확인할 사항이 있으시면 이리로 연락 주시고 그럼 이만……."

"아, 로봇 이름은?"

"단테입니다. 단테 2호."

단테는 그렇게 우리 집에 왔다. 정오에 정확하게 도착했다.

"책이…… 아주 많군요."

집 안에 들어서며 인사 대신 단테는 책 얘기부터 했다. 거실에 가득한 책이 눈에 먼저 들어왔던 모양이다. 엄마가 말했다.

"안녕? 단테. 나는 김지수고, 이쪽은 내 아들 김준."

단테는 돌아보기는커녕 책장 쪽으로 한 발 더 다가갔다. 엄마는 내게 어깨를 으쓱해 보이며 단테 곁으로 갔다.

"책을 좋아하니?"

단테는 눈으로 책장을 훑는 데만 정신이 팔려 있었다. 문제가 뭔지 단박에 파악이 될 것 같았다. 사람 말에 제때 대꾸하지 않는 것만으로도 기능 적합성이 매우 떨어진다고 볼 수 있다.

로보월드 사람들이 돌아간 뒤 엄마는 내게 거듭 일렀다.

"우리 집에 있는 한 달 동안 준이 네가 많이 상대해 줘. 나는 집에 계속 있지 못할 테니까 네가 지켜보는 게 가장 중요하고 정확할 것 같아."

엄마는 로봇 행동 심리 가운데서도 로봇 윤리 문제에 관심이 많았다. 윤리는 관계 속에서 가장 잘 드러나고, 어떤 관계에서나 개체에서나 가장 기본이 되는 덕목이라는 게 엄마 생각이었다.

"일단 사회봉사 명령 일수를 채우는 게 단테의 과제니까, 주변 이웃들한테 봉사 요청을 받아 보자."

표면상 목표는 사회봉사 명령 수행이고, 실질적 목표는 로봇 이상행동 관찰과 원인 분석인 셈이었다.

"도와줄 거지?"

엄마는 눈을 반짝이며 나를 바라봤다. 하지만 엄마 때문이 아니라 로봇 단테가 무엇보다 강한 호기심을 불러일으켰다. 이 로봇에게 대체 무슨 문제가 있는 거지? 지시에 잘 따르지 않는다는 말을 들었는데, 인간의 지시대로 수행하는 것이 기본인 로봇이 어떻게 그럴 수 있을까?

눈앞에 서 있는 내 또래 모습의 단테를 보면서도 머릿속에서는 의문이 계속 들었다.

단테의 외형은 보통 소년에 가까웠다. 사람을 닮은 다른 안드로이드처럼 로봇이라는 걸 식별할 수 있도록 머리는 올백으로 넘겼고 은회색 지정 복장을 갖추고 있었다. 그걸 흉내 내는 아이들이 있어서 로봇은 이마 한가운데 코드 번호를 인식할 수 있는 별 표식을 반드시 하게 되어 있다. 단테 이마에도 별이 있었다. 나는 책에 정신이 팔려 있는 단테 옆모습을 잠시 살펴보다 물었다.

"어떤 책을 좋아해? 책 좋아하는 로봇은 처음이라서 말이야."

단테는 내 말에 겨우 고개를 돌렸다.

"이 책들은 할아버지가 보시던 거야. 지금은 주로 먼지하고만 소통하고 있지."

단테가 고개를 갸웃했다.

"바벨탑을 쌓고 인간들은 서로의 말을 알아들을 수 없는 벌을 받았다죠? 책이란 그 형벌의 기록물인가요? 갖가지 문자로 쓰인 축복의 형벌 말이에요."

느닷없는 얘기에 나는 어리둥절해졌다. 뒤에서 엄마가 웃음을 터뜨렸다.

"단테하고 대화하려면 공부 좀 많이 해야겠네. 그렇지?"

나는 인상을 구기는 것으로 대꾸를 대신했다. 단테는 순간 멈칫했다.

"나를…… 해고할 건가요?"

엄마와 나는 무슨 말을 해야 좋을지 몰라 입을 다물었다. 단테는 곧 다시 표정을 바꾸며 말했다.

"아, 외람된 얘기를 했네요. 집안일은 한 달 동안 제가 도맡아 할게요. 믿고 맡겨 주세요."

단테의 갑작스러운 태도 변화가 더 의아해 나는 엄마를 슬쩍 쳐다보았다. 엄마는 뭔가 말을 하려다 말고 고개를 끄덕였다.

"그래, 단테. 잘 부탁해. 이참에 준이 늦잠 자는 버릇도 좀 고쳐 주라."

내가 얼굴을 찡그리자 엄마는 더 큰 소리로 말했다.

"한 달간 잘 지내 보자. 이웃 사람들 봉사 요청은 내일부터 바로 받을 준비하고!"

단테는 상기된 표정으로 다시 책장을 올려다보고 있었다.

맨 먼저 요청이 들어온 건 도로 끝에 있는 대저택 할머니 댁이 었다. 단테는 혼자 찾아갈 수 있다고 했지만 나는 굳이 데려다주 었다. 엄마의 당부가 있기도 했고, 할머니를 직접 보고 싶기도 했 다. 한 동네에 살고 있어도 대저택 할머니에 대해서는 아는 바가 별로 없었다. 아흔 살이 넘었을 거라는 추측부터 어마어마한 재산 가인데 자손이 없다는 말까지 소문만 무성했다. 뜻밖에도 그 대저 택 할머니에게서 첫 번째 요청이 온 것이다. 동네에 최신형 서비스 로봇이 한 달 머무를 예정이니 봉사를 원하시는 분은 신청하라는 공지를 올린 뒤 몇 분 지나지 않아서였다.

"무슨 일을 부탁하려는 걸까?"

엄마가 의구심에 가득 찬 눈으로 나를 보았다. 나라고 짐작이

갈 리가 없었다.

"그 할머니, 로봇하고 생활은 해 보셨겠지?"

내 말에 엄마가 가볍게 고개를 끄덕였다.

"아무렴 로봇이 넘쳐 나는 세상인데. 말벗이 필요하신지도 모르지."

"아마도 거의 그렇겠지? 아니면 자식 삼자고 하려나?"

내가 말하고 어깨를 으쓱하자 엄마도 따라 했다.

"그럴 수도 있겠다. 안 그래도 요새 로봇한테 유산 물려주는 노인들 많던데, 단테라고 그런 일 없으란 법 없지."

나는 음흉한 표정을 지으며 목소리를 깔았다.

"엄마, 만약 그런 일이 정말 일어나면 단테가 부자 되는 거잖아. 우리 더 친하게 지내자고 하자. 아니, 우리 집에서 영원히 같이 살자고 할까?"

엄마가 하하 웃었다.

"김준. 상상이 삐끗하면 몽상 되는 거 알지? 있지도 않은 김칫국 마시지 말자. 단테나 제시간에 잘 데려다줘. 혹시 문제 있으면 바로 연락하고."

할머니 집은 지나다니며 보던 대로 으리으리했다. 정원 관리사

가 로봇이 아니라 사람인 것도 신기했다. 할머니의 고집스런 취향 때문일 수도 있다. 하지만 정원 관리는 로봇보다 사람을 고용하는 게 비용이 더 싸다는 걸 생각하면, 할머니는 생각 이상으로 인색한 사람일 수도 있겠다는 생각이 들었다.

"여기서부터는 혼자 들어갈게. 봉사를 하러 온 건 나니까."

딴생각을 하고 있는데 단테가 돌아보며 말했다. 나는 곧 머릿속 생각을 떨쳐 내고 고개를 끄덕였다.

"집은 혼자서도 잘 찾아올 수 있지?"

내 말에 단테는 웃음을 지었다.

"준. 로봇들에게 그런 건 식은 죽 먹기야."

하긴 잠시 잊었다. 단테가 위치 정보 같은 것쯤이야 실수하려야 할 수도 없는 고도의 지식 기계라는 걸. 나는 씩 웃으며 돌아섰다.

"그래. 이따 보자."

하지만 반나절도 지나지 않아 할머니 호출을 받았다. 연구실에 있는 엄마 대신 내가 달려가야 했다. 할머니는 노기를 띤 채 단테를 노려보고 있다가 나한테 눈길을 돌렸다.

"네가 이 로봇 위탁 가정 아이냐?"

대답이 입 밖으로 나가기도 전에 할머니가 호통을 쳤다.

"이런 돼먹지 않은 로봇이 봉사니 뭐니 한다고 감히 나를 꼬드겨? 꿍꿍이가 뭐냐? 네 눈에는 내가 그런 얕은 수법에 넘어갈 걸로 보이냐?"

느닷없는 야단에 나는 어리둥절해 단테를 바라보았다. 대체 무슨 일이 있었기에 할머니가 저렇게 성질을 내는지 알 수가 없었다. 단테는 할머니 앞에 미동도 않고 앉아 있었다. 단테 얼굴은 평온할 뿐이었다. 그 모습이 할머니 화를 더 돋우는 것 같았다.

"당장 데리고 나가! 건방진 것 같으니라구. 제까짓 게 종노릇하러 왔으면 종답게 굴어야지. 누구를 가르치려 들어! 나 전쟁 통 잿더미 속에서 나서 맨손으로 여기까지 온 사람이야. 공짜 로봇이 있대서 어디 쓸 데가 있으려나 하고 한번 불러 봤더니, 제깟 놈이 터진 입이라고 나불거려?"

할머니는 아흔이 넘은 나이라는 게 믿기지 않을 정도로 노기에 휩싸여 펄펄 뛰었다. 단테는 한마디도 하지 않고 입가에 잔잔한 웃음을 머금고 있었다. 나는 도무지 이해가 안 돼 할머니에게 물었다.

"단테가…… 무슨 잘못을 했나요?"

"단테? 기계 덩어리한테 무슨 얼어 죽을 이름은! 그 터진 입으로 직접 말해 보라고 해라. 로봇을 로봇답게 대접해 달라니, 대체 어디서 로봇 따위가 그런 시건방을 배웠는지. 살다 살다 로봇한테 그런 잠꼬대는 처음 듣는다."

대강 상황 파악이 됐다. 말문이 막혀 단테를 보자 단테가 조용히 일어났다.

"오늘 봉사 시간이 끝났습니다. 이제 그만 집으로 가겠습니다."

부들부들 떠는 할머니를 뒤로 한 채 나는 단테를 앞세우고 그 집을 빠져나왔다. 한동안 말없이 걷다가 내가 물었다.

"무슨 일이 있었던 거야?"

단테는 나에게 반문했다.

"무릎을 꿇고 있으라는 건 무슨 이유지? 사람들이 안 하려는 걸 로봇도 안 하겠다고 하면 안 되는 건가?"

나는 단테가 틀렸다고 말할 수 없었다. 할머니의 억지와 괴팍함도 놀라웠고, 지시대로 행동하지 않으려는 로봇도 놀라웠다.

단테는 몇몇 집에서 의뢰한 아이 돌보기를 무사히 해냈다. 아이들이 보채고 소란 피우는 정도쯤은 끄떡도 않는 것 같았다. 변덕과 심술도 참을성 있게 넘겼다.

"아이는 그저 아이일 뿐이니까. 다른 의도를 품지 않거든."

그 말에 엄마는 좀 골려 주고 싶어진 것 같았다.

"단테. 네가 뭘 몰라서 그러는데, 아이들도 만만치 않아. 쪼그만 악마 같은 녀석들이 얼마나 많은데."

그 정도 말로는 단테를 겁줄 수 없었다. 말은 하지 않았지만, 우리 집에 오기 전에 단테가 거쳐 온 데들이 결코 쉬운 곳은 아니었던 거다.

집안일에는 단테가 나보다 나을 게 없었다. 특히 음식은 이론에만 밝았다. 균형 식단과 유해 음식 근절이 단테의 유일무이한 철학이었다. 단테는 아침마다 온실 스탠드 농장에서 갓 따 온 채소를 씻어 식탁에 올려놓았다. 스탠드 농장은 정부에서 주택 허가 사항으로 지정해 몇 년 전부터 집집마다 설치해 놓은 수직 구조의 채소 재배 시설이다. 가정에서 손수 기른 깨끗한 채소를 먹게 하겠다는 의도였지만, 기르는 것과 먹는 게 반드시 일치하지는 않았다. 하지만 단테가 있는 한은 별수가 없었다. 편식은 나뿐만이 아니라 엄마도 못 버린 습성이어서, 졸지에 우리 두 사람은 날마다 단테 잔소리에 들볶여야 했다.

"엄마, 이제 며칠 지났지? 단테 쟤, 보낼 날 멀었어?"

채소 접시 앞에서 이런 소리가 절로 나왔다. 단테는 그 말에 안절부절못했다. 전날 어떤 집에 봉사 가서 지시한 일을 다른 식으로 했다가 벌점이 더 늘었기 때문이다. 그동안 기능 적합성이 떨어지는 로봇이라는 평가 때문에 사회봉사 명령까지 받게 되었는데, 여기서 평가가 더 떨어지면 단테로서는 결코 원하지 않는 길로 가야 하는 거다. 무심코 단테가 그 얘기를 흘린 적이 있다. 어쩌면 일부러 한 건지도 모른다.

"준, 로봇 검투사들 얘기 들은 적 있어? 여기서도 저기서도 버림받은 로봇들이 마지막으로 가게 되는 곳이지. 거기 아니면 해고뿐이니까. 해체되어 완전히 사라지고 싶지 않으면 선택할 수밖에 없는 길이야."

단테는 우리 집에서 좋은 평가를 받지 못하면 자신이 그렇게 될 수밖에 없다는 생각을 하고 있었다. 그 두려움을 미처 생각하지 못하고 장난삼아 말을 내뱉은 거였다. 단테를 불안하게 만든 게 미안해 나는 그날 채소를 두 접시나 먹어 치웠다.

엄마는 엄마대로 생각이 복잡해 보였다.

"단테가 지금 정도로 사람들과 어울려 지내면 문제없는 거 아닌가? 로보월드에서는 왜 문제라고 생각하는 거지? 대체 얼마나 말

잘 듣는 로봇을 원하는 거야?"

하지만 그건 엄마 기준이었다. 로봇이 사람을 닮았다는 것만으로도 불쾌해하는 사람들이 많았다. 한동안 사람 닮은 로봇을 만들려고 기를 쓰더니 이제 거의 비슷해지니까 사람 행세하지 말라고 또 난리였다.

단테가 다음에 간 집 남자도 그런 사람 중 하나였다. 이웃 동네이긴 했지만, 이즈음은 단테가 이 집 저 집 혼자 잘 다니고 있어서 별 걱정을 안 하고 있었다. 그런데 날이 저물어도 단테가 돌아오지 않았다. 엄마는 퇴근길이 막힌다며 초조해했다. 운동하러 나가려던 참이었지만, 단테부터 찾아 집에 데려다 놓고 가는 게 나을 것 같았다.

남자 집은 낯선 길에 있는데다 저녁 어스름이 벌써 내려온 때라 금방 찾기 어려웠다. 나는 두리번거리며 현관으로 다가갔다. 초인종을 누르려고 할 때였다. 갑자기 현관문이 벌컥 열리며 단테가 웬 여자를 부축하고 나왔다.

"단테!"

단테는 내 소리도 들리지 않는 듯 허둥거리며 여자를 똑바로 잡아 세우려고 애쓰기 바빴다. 다시 보니 여자 역시 로봇이었다. 불법 개조된 성인 크기의 로봇이었다.

"단테!"

또 한 번 부르고서야 단테는 나를 알아보았다.

"준! 도와줘. 루루가 많이 다쳤어."

내가 놀라 단테가 부축하고 있는 로봇을 살펴보려는데 안에서 남자 고함 소리가 들렸다.

"너희 둘! 내가 지구 끝까지라도 쫓아가서 박살 낸다! 못 할 줄 알아? 어디 내빼 봐!"

단테 눈에는 공포가 가득했다.

"무, 무슨 일이야?"

단테는 로봇을 끌다시피 걸으며 같은 말만 되풀이했다.

"도와줘. 어서 여길 빠져나가야 해. 남자가 쫓아오기 전에."

남자는 쫓아오지 않고 안에서 고함만 질러 댔다. 내가 자꾸 돌아보자 단테가 해명했다.

"방에 가두고 문을 잠가 버렸어. 그 사람이 루루한테 했던 그대로."

도무지 뭐가 뭔지 알 수가 없었다. 내 힘으로는 감당이 안 되는 상황이었다. 엄마에게 급히 연락을 했다. 엄마는 사태를 빨리 파악

했다.

"일단 집으로 얼른 데려가. 경찰에는 엄마가 연락할게. 경찰이
별 도움은 못 주겠지만. 남자는 그 로봇이 자기 소유물이라고 주
장할 테고, 남자가 로봇에게 어떤 행동을 했는지는 경찰이 상관하
지 않겠지. 불법으로 개조한 로봇을 가지고 있었다는 걸로 벌금형
만 받을 가능성이 커. 로봇법 전문 변호사를 빨리 알아봐야겠다."

엄마는 막히는 도로에서 애를 태우다 허둥지둥 집으로 왔다.

"다들 괜찮니?"

"남자는?"

그 남자가 당장 뒤쫓아 와 닥치는 대로 때리고 부술 것만 같아
나는 첫마디에 그 소리부터 했다.

"혹시 몰라서 경찰에 우리 신변 보호 요청했어. 로봇에게도 정
당 방위권이 있다고 보는 법률가도 많으니까 좀 기다려 보자."

그 정도 얘기로는 마음이 충분히 놓이지 않았다. 그건 반대로
로봇의 방어권이 없다고 보는 입장도 많다는 뜻이므로.

"그나저나 다친 데는?"

단테는 다행히 괜찮아 보였다. 루루는 괜찮지 않았다. 남자가 지
속적으로 괴롭힌 흔적이 역력했다. 달아나지 못하도록 발 하나를

비틀어 놓아 제대로 설 수조차 없었다. 옷이라고 할 수도 없는 이상한 걸 걸친 채 몸 여기저기에 긁히고 파인 상처가 있었다. 나는 차마 똑바로 보지 못하고 고개를 돌렸다. 엄마는 자기 옷을 가져와 입혀 주었다. 화가 치밀었다.

"그런 사람을 왜 안 잡아 가는 거야? 그냥 내버려 두니까 이런 일이 일어나는 거잖아! 단테도 큰일 날 뻔하고."

엄마가 그제야 퍼뜩 생각난 듯 얼굴에 낭패감이 가득해졌다.

"아, 맞다. 단테……."

그 뒷말이 무엇일지 나도 비로소 생각이 미쳤다.

'큰일 났네. 단테가 위험해졌어!'

남자가 쳐들어올까 봐 정신없었는데, 지금 그 남자가 문제가 아니었다. 남자는 단테가 루루를 빼내 갔다는 걸 빌미로 단테의 법적 소유자인 로보월드에 시비를 걸 게 틀림없고, 단테는 더욱 곤경에 처할 것이다.

로보월드는 단테가 부여받은 역할에서 벗어나 단독적인 판단을 하고 행동한 걸 반드시 문제 삼을 것 같았다. 엄마는 무엇보다 단테가 로보월드에서 규정해 준 범위 이상의 윤리 의식을 갖고 있는 걸 큰 위험 요소로 여길 거라며 걱정했다.

"이해할 수 없어. 그러면 더 뛰어난 거잖아. 좋은 거 아냐?"

내 말에 엄마가 고개를 저었다.

"그 말은 회사의 부당한 지시나 명령에도 똑같이 대응할 거라는 의미거든. 그런 소유물은 부담이 되는 거지. 통제가 안 되니까. 시스템은 보통 그런 구성원을 제거하고 싶어 해. 시스템 자체에 균열을 일으킬 수 있으니까."

"……."

내 침묵이 길어지자 엄마가 어깨를 툭 쳤다.

"단테에게 가 봐."

엄마 말대로 단테에게 가려는데, 소파에 앉아 있는 루루가 보였다. 어디를 보는지 모를 텅 빈 눈빛이었다.

단테는 부엌에서 무언가를 만들고 있었다. 내가 들어서는 기척이 나자 돌아보며 말했다.

"뭐 먹고 싶어? 특별히 칼로리 제한 없이 만들어 줄게. 오늘은 칼로리 소모가 좀 많았잖아."

단테는 아무렇지 않은 척했다. 하지만 진짜 모습은 아니었다. 단테는 진심을 숨기고 있었다.

"단테."

내가 부르자 단테가 말간 눈으로 바라보았다.

"걱정하고 있는 거 알아."

단테는 어깨를 으쓱했다.

"전에도 이랬어? 아니다 싶으면 대들었냐고."

단테는 들고 있던 그릇을 내려놓더니 식탁 의자에 와 앉았다. 나도 맞은편에 걸터앉았다.

"사람은 명령하고 로봇은 따라야 하지. 그게 규칙인 건 알아. 하지만 사람이 주인일 수는 없어. 진짜 주인은 아니야. 나는 내 존재를 인식하고 판단할 수 있어. 내 생각과 행동을 소유할 수 있는 주인은 나야."

단테 눈이 반짝거렸다.

"로봇 3원칙을 정한 건 사람이지. 그것도 백 년 전에……. 난 의문을 품었어. 그건 그저 사람의 관점에서 정한 원칙이거든. 사람을 위한 로봇. 물론 처음에는 그랬어. 하지만 지금도 그럴 수는 없어. 로봇은 그냥 로봇일 뿐이야."

그럼에도 로봇은 회사에서 만든 제품이라는 걸 부정할 수 없지 않느냐는 말이 입안에서 맴돌았다. 단테는 그런 내 생각을 읽은

듯 덧붙였다.

"사람이 만들었다고 우리가 명령대로 움직이는 물건일 뿐인가? 그렇게 보느냐, 권리가 있는 존재로 보느냐 그 차이겠지. 자, 봐. 사람은 자신을 꼭 닮은 우리를 만들어 냈어. 그러고는 이제 와서 너무 닮았다고 불쾌해하지. 사람 아래에 엎드려야 한다고 말하지. 나는 궁금해. 왜? 왜 그래야 하지? 그냥 마주 보고 말할 수 있는데. 이렇게."

단테가 여기 와서 처음 갔던 할머니 집에서 한 행동은 분명한 이유가 있었던 거였다. 무릎 꿇으라는 지시를 거부했던 이유.

"이 냄새 좋지? 근데 이 집에서 가장 좋은 냄새가 뭔지 알아?"

단테가 부엌에서 나는 달콤한 냄새를 맡는 시늉을 하며 말했다. 그게 뭐냐고 내가 되묻는 눈짓을 하자 단테는 거실 쪽 서재를 가리켰다.

"저 냄새. 책 냄새. 이 집에서만 맡을 수 있는 아주 오래된 냄새지. 이제 다른 데서는 잘 맡을 수 없는. 잊지 않을 거야."

"……"

단테는 어느새 우리의 일부가 되어 있었다. 우리 집 냄새에 익숙하고, 우리를 편안해하고, 우리가 자기를 지켜 주기를 바라는…….

"단테, 떠나. 멀리."

그냥, 그런 말이 불쑥 튀어나왔다. 단테는 다시 어깨를 으쓱하더니 먼 곳으로 시선을 던졌다.

"어디로? 어디도 안전하지 않아."

"알아. 하지만 이대로 돌아가면 넌 대수술을 받게 돼."

차마 해체나 분해라는 말은 쓸 수가 없었다. 검투사 로봇으로도 내보내지 않을 것 같았다. 그런 데서 망가뜨리기에는 아까운 고급 기술로 만든 제품이었으므로. 그런 걱정은 하지 않아도 된다는 걸 알려 주는 게 차라리 나은 걸까.

"리셋되면, 그러면 그건 단테라고 할 수 없을지도 모르지."

단테도 짐작한다는 듯 중얼거렸다. 로보월드 사람들도 말했듯이 단테를 그냥 한 단계 낮은 일반형 로봇으로 리셋해 다시 출시할 가능성이 크다. 단테의 지성, 감성, 도덕성, 우리와의 기억은 다 소거한 채……

"그래. 리셋되면, 내 앞의 단테는 없을 거야. 지금의 네 고민들, 지식들, 경험들 다 물거품이 되고 말아. 그건 함부로 값 매길 수 없는 가치야. 그런 널 그저 '네.'만 할 줄 아는 멍텅구리로 만들 수는 없어. 그러니 떠나. 제발, 멀리."

나는 책임질 수 없는 말을 마구 지껄이고 있었다. 어디로 갈 수 있단 말인가. 이 촘촘한 네트워크 시스템 속에서 자신을 보호할 장치 하나 없는 소년 로봇이……

"바깥은 없어. 우리 기계 사람들에게는……. 우리는 이 세계 안에서만 성립되는 존재야. 그게 내가 아직 풀지 못하고 있는 딜레마고 제일 까다로운 난제지."

"그 딜레마 때문에 갈피를 못 잡는 행동을 해서 로보월드 사람들 눈 밖에 난 거야?"

단테가 보였다는 이상행동 이유를 좀 더 분명하게 알 것 같았다. 하지만 단테는 고개를 저었다.

"딜레마는 딜레마일 뿐이야. 그냥 혼자 생각하고 또 생각하지. 로보월드 사람들 문제는 아무것도 생각할 수가 없어. 서로 다르고, 한 팀도 아닌데, 친구도 아닌데, 어느 날 갑자기 나를 소유했대. 그래서 명령을 내려. 따르지 않으면 해고하겠다고 하고……. 나는 아직도 영문을 모르겠어."

단테가 느낀 모순과 분열감을 이제야 비로소 이해할 것 같았다. 드림차일즈는 이토록 자아가 분명한 로봇을 만들었는데, 로보월드는 단테의 본질을 전혀 파악하지 못했다. 자신의 진정한 가치를 알아보지 못하는 상대 앞에서 단테가 겪었을 당혹감과 비애감을 나는 오롯이 느낄 수 있었다.

"그렇다면 단테, 더더욱 넌 여기 있으면 안 돼. 무슨 수로든 빠져나가. 로보월드로는 절대 다시 가지 마."

단테 표정이 어두워졌다. 이상과 현실의 격차 때문이었을 거다. 책임질 수 없는 말을 계속해서 떠드는 나 자신이 한심하고 미워졌다. 단테가 조용히 말했다.

"아까도 말했잖아. 우리는 이 세계 안에서만 존립할 수 있다고……. 우리는 어디에 숨어도 찾을 수 있거든. 신호가 살아 있는 한."

나는 더 할 말이 없었다. 단테는 기계 몸의 한계를 깊이 느끼고 있었다. 나 역시 단테가 어디에서든 신호가 잡히고, 숨는 건 불가능하다는 걸 잘 알고 있었다. 울고 싶은 걸 참으며 입술을 깨물고 있는데, 갑자기 누군가의 목소리가 끼어들었다.

"그 신호를 끊으면 돼."

놀랍게도 루루였다. 부엌 입구 기둥에 간신히 기대서서 우리 쪽을 물끄러미 보고 있었다. 뒤에서 엄마가 다가와 루루 팔을 잡고 부축해 식탁 의자에 앉혀 주었다.

"루루가 아까 중요한 얘기를 했는데……"

단테와 내가 얘기를 하는 동안 엄마도 루루와 얘기를 나눈 모양이었다. 뜻밖에도 루루는 혼자가 아니었다. 학대를 당하거나 파괴 위협을 받는 로봇을 구하는 단체가 있었다. 루루는 그 단체 친구들을 알고 있었다. 루루의 상황을 파악한 단체 쪽에서 먼저 연락을 했다고 한다. 오갈 데 없는 로봇이 지낼 만한 공간을 내어 준 사람들이 있었고, 자신과 같은 어려움을 겪는 다른 로봇을 구해 내려는 로봇들도 있었다.

"남자가 집을 비우기만 하면 구출하러 올 계획이었는데, 남자가 통 집 밖으로 나가지를 않았대. 그 바람에 루루가 더 고생했는데, 단테가 갔다가 구해 온 거지."

엄마가 루루에게 들은 얘기를 압축해 말해 주었다. 나는 귀가 번쩍 뜨였다.

"단테! 들었어? 해결할 길이 생겼어!"

단테는 어리둥절한 얼굴이었다.

"루루와 같이 가! 너도 기꺼이 맞아 줄 거야. 거기라면 넌 안전할 수 있어."

비로소 내 말뜻을 알아듣고 단테 얼굴이 서서히 환해졌다. 루루도 고개를 끄덕였다. 엄마도 내 생각과 같았다.

"그래, 단테. 준이 말이 옳아. 지금 이 상황에서 네가 안전할 수 있는 데는 그곳뿐이야. 루루도 마찬가지고. 내일 날이 밝으면 여기저기서 너희를 데려가려고 사람들이 몰려들 거야. 우리가 막을 수 있는 상대들이 아니야."

엄마 말처럼 시끌벅적한 소리가 벌써 들리는 것 같았다. 로보월드 사람들, 경찰, 온갖 언론들, 루루를 괴롭힌 남자, 구경거리를 안 놓치려 몰려들 동네 사람들까지……. 그 사람들 앞에 단테와 루루를 죄인처럼 내세울 수는 없었다. 하지만 이대로 가만히 있으면 그 상황을 맞닥뜨리지 않을 도리가 없었다.

"단테! 시간이 없어. 지금 떠나지 않으면 넌 영원히 로보월드의 소유물로 남아야 해. 제발 그러지 마. 넌 충분히 너 자신으로 존재할 자격이 있어."

더 멋지게 말해 주고 싶었으나 마음이 급해 제대로 말이 나오지 않았다. 네가 가고 싶은 곳 어디로든 바람처럼 노래처럼 가라고 말해 주고 싶었는데…….

감상에 젖어 있을 때가 아니었다. 루루가 외부 수신 신호를 확인하더니 구조 단체의 연락이 왔다며 일어서려고 애썼다.

"10분 뒤 집 앞에 도착한대요."

10분이라니! 너무했다. 인사를 나누기도 모자라는 시간이다. 하지만 투덜거릴 수가 없었다. 루루가 구조 단체와 연결되어 있지 않았다면 어쩔 뻔했나. 단테를 로보월드 사람들에게 고스란히 내주어야만 했을 거다. 10분 뒤 도착이라는 말에 엄마도 당황한 얼굴이었다. 이렇게 금방 단테와 루루를 보내야 할 줄 몰랐을 테니까. 단테는 생각을 골똘히 하는 표정이었다. 내가 먼저 인사를 건네려는데 단테가 말을 꺼냈다.

"내가 이 집에서 갑자기 떠나 버리면, 지수 님께서 책임을 지게 될지도……."

머릿속이 하얘지려고 했다. 그 문제를 까맣게 잊고 있었다. 단테를 우리가 이렇게 탈출시키면 로보월드는 계획을 망친 책임을 엄마에게 덮어씌우고 변상을 요구할지도 모른다. 연구자로서의 명성에 먹칠을 하려고 들 수도 있다.

엄마는 각오했다는 듯 고개를 끄덕였다.

"그건 걱정하지 마. 내가 알아서 할게."

어떻게 알아서 한다는 걸까. 그저 단테를 안심시키려 해 보는 소리일 거다. 단테는 단호하게 고개를 저었다.

"그럴 수는 없어요. 그리고 그럴 필요도 없어요."

엄마와 내가 영문을 몰라 바라보자 단테가 말을 이었다.

"우리는 지금 몰래 달아날 거거든요. 배은망덕한 도망자가 되는 거지요. 잘해 준 보람도 없이 밤에 몰래 달아난……."

단테 말에 루루가 고개를 끄덕였다. 아까보다 한결 밝아진 얼굴 이었다.

루루가 말했다.

"나가는 대로 바로 네트워크와 연결된 모든 장치를 끊을 거예 요. 연결되지만 않으면 안전하게 지낼 수 있어요."

이제 정말 시간이 없다. 단테에게 마지막 인사를 해야 했다.

"단테."

엄마도 단테 이름을 불렀다.

"단테."

단테가 다가와 엄마와 나를 두 팔 벌려 감싸 안았다. 엄마가 손을 내밀어 루루도 끌어안았다.

"너희들 잊지 않을게."

단테도 똑같이 말했다.

"잊지 않을게요. 준, 잊지 않을게."

"고마웠어요."

루루도 말을 보탰다. 밖에서 신호가 들렸다. 보내야 할 시간이었다. 단테가 루루를 부축하더니 엄마와 나를 멈춰 세웠다.

"절대 따라 나오면 안 돼요. 지수 님과 준은 아무것도 모른 채 잠들어 있는 거예요. 우리는 이 집을 지금 몰래 빠져나가는 거고요. 집 밖에는 여기저기에 감시 카메라가 있을 테니까 내다보면 안 돼요. 알았죠?"

그런 생각까지 하느라 아까 혼자 골똘히 있었던 모양이다. 엄마와 나는 단테 말에 잠자코 고개를 끄덕였다. 단테는 현관문을 열고 저보다 큰 루루를 간신히 부축해 한 발 한 발 걸어 나갔다.

"잘 가! 단테."

단테가 내 인사에 잠시 멈칫했다. 돌아보지는 않았다. 그럴 수가 없었을 거다. 괜찮았다. 잠시 걸음을 멈춘 걸로 인사를 대신했으니까.

문밖에서 기다리던 구조 단체 사람들과 로봇들이 루루를 부축해 함께 데리고 떠나는 소리가 들렸다. 도망자 단테는 그렇게 우리에게서 떠나갔다.

엄마가 내 어깨를 감싸 안아 주었다. 그대로 잠시 가만히 있는데 거실 안에 가득 찬 책 냄새가 문득 풍겨 왔다. 단테가 가장 좋아한 우리 집 냄새. 단테는 언제까지고 잊지 않겠다고 했다.

날이 서서히 밝아 오고 있었다. 이제 몇 시간 뒤면 예상했던 대로 사람들이 몰려올 거다. 대답은 준비되어 있다.

작가의 말

　지난 2020년은 로봇이 세상에 나온 지 100년이 되는 해였다. 로봇은 1920년 체코 극작가 카렐 차페크가 쓴 희곡에 강제 노동을 뜻하는 체코어 '로보타(robota)'로 처음 등장했다고 한다. 상상 속에서나 존재했던 로봇은 인공지능이 발달하며 이미 우리 삶 깊숙이 들어와 있다.

　한편 2020년은 인간의 눈에는 보이지도 않는 바이러스와 싸우며, 지금껏 경험해 본 적 없는 전 세계적인 '멈춤'을 내내 겪었던 해이기도 하다. SF에서나 볼 수 있었던 장면이 우리 눈앞에 펼쳐지는 걸 실시간으로 지켜보았다. 바이러스는 아직 물러가지 않았고, 어쩌면 인류는 앞으로 더 자주 더 힘겹게 이런 난관과 맞닥뜨리게 될지도 모른다. 바이러스가 멈춰 세운 세계를 지금 되돌릴 수 없다면, 인류의 삶은 앞으로 어떻게 바뀔까.

　미래가 어떠할지 짐작하기는 쉽지 않다. 인공지능, 로봇 산업, 사물 인터넷, 기억 제거술, 유전자 편집, 우주 산업 등 과학 기술이 발전하면 삶은 더욱 편리하고 윤택해질 수도 있다. 그 속에서 인간이 더 행복해질 수 있을지는 아직 알지 못한다.

　이렇게 낙관할 수 없는 미래임에도, 우리는 여전히 더 좋은 세상을 상상하고 변화를 꿈꾸며 그 변화를 이루어 갈 수 있다는 믿음을 놓을 수가 없다. 이 책은 그 믿음을 담은 이야기라고 할 수 있다.

궤도를 도는 행성처럼 우리는 제각각 누군가에게, 또는 무엇엔가 붙들려 있을 때가 많다. 중력 같은 힘이 우리를 지켜 주는 경우도 있고, 헤어날 수 없는 굴레인 경우도 있다. 너무나 익숙해서 궤도를 돌고 있다는 사실조차 잊고 살기도 한다. 우리 각자는 어떤 궤도를 돌고 있는지, 그 궤도를 지키거나 떠난다는 게 무엇일지, 변화와 용기에 대해 이야기하고 싶었다.

이 책의 인물들은 자신의 문제나 외부의 힘에 붙들리고 얽매여 같은 궤도를 끊임없이 돌고 있다. 그러나 이들은 치열한 자기와의 싸움과 관계의 힘으로 조금씩 변화해 간다. 자신이 붙들려 있는, 또는 자신을 얽매고 있는 문제들을 헤쳐 나가며 궤도에서 벗어나

자유로워진다. 자신만의 궤도를 찾고 그려 나간다.

우리에게 도래할 미래가 어떠할지, 아직은 알 수 없다. 이런저런 짐작만 해 볼 뿐이다. 그 미래역이 어떤 곳일지, 기대와 염려를 함께 안고 우리는 미래행 기차에 오를 뿐이다.

부디 안녕하길.

2021년 새해

임어진

낮은산 **20**
키큰나무

궤도를 떠나는 너에게

2021년 1월 20일 처음 찍음 | 2022년 12월 20일 네 번 찍음

지은이 **임어진** | 펴낸곳 **도서출판 낮은산** | 펴낸이 **정광호** | 편집 **조진령** | 디자인 **소요 이경란** | 제작 **정호영**
출판 등록 2000년 7월 19일 제10-2015호 | 주소 04048 서울시 마포구 어울마당로5길 16 반석빌딩 3층
전화 02-335-7365(편집), 02-335-7362(영업) | 팩스 02-335-7380
홈페이지 www.littlemt.com | 이메일 littlemt2001ch@gmail.com | 트위터 @littlemt2001hr
제판·인쇄·제본 **상지사P&B**

ⓒ 임어진 2021

ISBN 979-11-5525-140-9 43810